寺山修司 少女詩集

てらやま しゅうじ

寺山修司 著

張秋明 譯

【推薦序】

靠想像力跳躍到最遠處

新井一二三

好像是我小學一年級的大年夜，NHK電視節目「紅白歌合戰」中出現了一名叫Carmen Maki的女歌手。她的名字、長相都像混血兒，而且穿著當年還廣泛被視為勞動衣服的牛仔褲，自己彈著吉他，臉上沒有表情地唱出旋律簡單，可歌詞特有衝擊力的一首歌曲：**有時就像失去母親的孩子一樣……**

那是我邂逅了填詞人寺山修司的瞬間，至今印象非常深刻。相信當年生活在日本的人沒有一個不會唱那首歌的，因為歌詞所引發的視覺印象太強烈，簡直想忘都忘不了。

其實，寺山修司不單是填詞人，也是歌人、俳人、詩人、評論家、劇作家、小說家、話劇導演、電影導演……在一次生涯裡，做了好多人份的工作，而且每一項工作都看得出來他投入的精神力量有多麼大。所以，四十七歲因肝硬化去世的消息令人感嘆；天才夭折太可惜了。

一九三五年出生的寺山修司，跟諾貝爾文學獎得主大江健三郎、著名指揮家小澤征爾是同樣歲數。寺山的父親在太平洋戰爭中從軍喪命；母親則戰後為美國占領軍當女傭維生，把獨生子修司丟在他舅舅家了。這樣的成長經歷使他對日本、對美國感情頗為複雜。

寺山修司的文學才能，早在青森縣念中學時就很顯著。上了早稻田大學以後，最初寫和歌受到矚目，一九五七年就刊行了第一本和歌集《我的五月》。其中收錄的一首和歌至今是很多日本同代人的座右銘：**擦火柴，瞬間海上飄濃霧，有無祖國值得獻身？**

但是，這一首歌卻從一開始就被譴責為剽竊之作，因為有俳句作品確實像寺山的和歌：**擦一根火柴，湖上飄著霧**（富澤赤黃男）。只是，顯而易見，寺山作品比富澤原作好很多。再說，古今中外的文學界歷來有以「引用」「典故」之名參照先行作品的例子。所以，當年著名俳人楠本憲吉對他說的一句話「俳句不是縱橫字謎」，反而說穿了寺山文學的本質。

閱讀這本《少女詩集》的讀者，會發現文中有很多來自西方的想像：愛麗絲、灰姑娘、法國歌手、格林童話、撲克牌、馬戲團。這些要素並不是在戰後日本的現實中存在的，反而是從戰後日本人對西方的幻想中而來的。同樣常出現的符號是：大海、眼淚、浴缸、鱷魚，似乎都指向拋棄了少年修司的母親。寺山生前講自己的成長經歷，尤其講到跟母親的關係時，往往撒謊說母親早已去世了；但是實際上，他瞑目的時候，母親還健在。

珊瑚、玉石、綠寶石、藍寶石、紅寶石，任何題材，寺山都會寫成一首詩。可見，對他來說，文學不是現實經驗的結晶，倒是通過縱橫字謎一般的文字遊戲，把本來小小的理念膨脹成好大好大，正如受他的寵愛，作品中常出現的女演員大山胖子。

我從高中到大學的一段時間裡，幾次去看過寺山主宰的劇團「天井棧敷」的話劇演出以及他拍的電影作品《死在田園》《上海異人娼館》等，整體印象是極其美麗但非常可怕。寺山的想像力超乎一般人能平心接受的程度。光是聽他填詞的一首歌都長年不能忘記歌曲引發出來的視覺印象，何況看了他自己塑造出來的畫面。以私小說為主流的日本文學界裡，靠想像力跳躍到最遠處的作家，就是寺山修司。

關於新井一二三：生於東京。明治大學理工學院教授，早稻田大學政治經濟學院畢業，留學北京外國語學院、廣州中山大學。任職朝日新聞記者、亞洲週刊（香港）特派員後，躋身為中文專欄作家。中文作品：《心井・新井》《櫻花寓言》《再見平成時代》《臺灣為何教我哭？》《獨立，從一個人旅行開始》《媽媽其實是皇后的毒蘋果》《我們與台灣的距離》等二十九部作品（皆由大田出版）。

目次

海

うみ

最短的抒情詩

淚水是
人類所能製造
最小的
海洋

朝向
月夜的海洋
投遞
一封書信

在波光粼粼的
月光中
那封信將會
化為藍色吧

世人稱之為
魚的東西
原本都是某人的
來信

大海的即興演出

且讓我說一個關於總是畫海的畫家故事吧？

一個想要跳進自己畫的海中自盡，每天總是畫著藍色大海的畫家的故事。

可是因為不管怎麼畫，大海的畫仍只是「畫」，無法實現他的願望。

只見生活越來越貧窮，畫商們也逐漸懶得理他。在他巷子裡的小小畫室裡，只剩下一張幾乎全是鐵灰色的寂寞大海畫作，其他家當都被賣得一乾二淨。

終於在一個月色如檸檬的夜晚，畫家對自己的「大海畫作」失去信心，一個人衝向碼頭，跳進真實的大海自殺身亡。

然而他跳進的真實大海並沒有傳出水聲，倒是他畫室裡的「大海畫作」發出撲通一聲，還濺出白色水花。

若真有那麼孤寂的大海畫作，我也很想擁有一張……

浪濤聲

一個被遺忘的女子住在港都的紅色旅店裡。

她的工作是每天一到傍晚就去海邊，用卡式錄音機錄下大海的聲音。

她的房間到處散落著註明日期的錄音帶，不管拿起哪一個來聽，都只能聽到大海的聲音。

——為何每天只是錄大海的聲音呢？

路過的少年水手問。

——我自己也不知道。

被遺忘的女子回答。

只是聽著海濤聲，心情就能平靜。

（聽說這個被遺忘的女子曾經有個喜歡的船員。船員遠航到哥斯大黎加南方後沒有回來。傳言他在別的城市下船，並在當地結婚從此不再上船。也有人說他遇到船難死了。女子一概不相信，始終等待他的歸來。）

有一天，那個被遺忘的女子到了傍晚也沒有出來錄音。

（好奇怪呀！）

少年水手心想，但也沒太在意。可是到了隔天、又隔天，女子還是沒來。

於是少年水手前往紅色旅店造訪女子。結果房門沒上鎖，裡面卻沒有人。

按下裝有卡帶的錄音機播放鈕，響起了海濤聲。

那是傍晚海邊常有的海濤聲，仔細聆聽，有種整個人將會被吸進去的孤寂感。

突然間，是錯覺吧！聽見小小的撲通一聲。

咦？有所狐疑地倒帶重聽，果然聽見小小的撲通一聲。

（這是一個寂寞女子跳進自己所錄大海聲中自盡的故事。）

關於海洋起源的篇章

你知道嗎？
海洋的起源竟是一滴女孩的淚水。
因為她的淚水止不住而讓地球浸泡在水中。此一事實任何科學書籍
都沒有提及，只有我知道。

介紹大海

站在不知海為何物的少女面前
頭戴草帽的我努力張開雙手說明

這是我十五歲時寫的短歌。事實上，沒有比對著沒看過大海、整日躺在醫院病床上的少女說明海為何物更加困難的事了。
我說海洋之大無法用言語形容。
「海洋是直徑一萬兩千七百公里、包覆了約百分之七十的地球表面、厚度僅三點八公里的水膜。」
聽我說完，少女一臉茫然。
「總之大海是湛藍色的。」我才說完。
「真的有藍色的水嗎？」少女立即反問，然後一笑。

於是我答應少女會將海水「帶回來給妳看」。

帶著水桶走向五月的大海，汲取了顏色最湛藍的海水。

立刻趕回去，「看！我帶回來了。」直接衝進病房裡。

接著大喊「這就是海」。

可是裝在水桶裡的海水既不是藍色，也沒有波濤洶湧。

少女對我說：「你騙人！」

可是我不知道該如何回應。

「明明到剛才為止都還是海水的呀！」

筆記殘篇（1）

這個世界上最遠的地方是
自己的心

從出生起關闔過多少次門呢？
每當回想一次
人們便更將老去

大家只要一點一滴
擁有自己的海就好

只要分開時
能到處帶著走就好

筆記殘篇（2）

海洋是巨大的失物

因為太大
任何失物招領處
都不肯受理

筆記殘篇（3）

不是要書寫大海
而是要用海水書寫

一個字一個字地沾濕稿紙
然後掀起一首詩篇
直到波濤洶湧

關於海鷗的序章

因為全世界的水的絕對量是定數，所以每當有人流淚，相對分量的海水就會減少。

海水和淚水的成分都包含了氯、鈉和H_2O。
所以舔一口會覺得「鹹鹹的」。

因此證明可以用淚水養魚。
問題是用淚水養一隻鰈魚需要哭多久才夠呢？至今還未得到學問上的實證。

漲潮是沒有人流淚的時候——世界充滿了海水。

退潮是每個人都流淚的時候——世界上的海水開始乾涸。

「真的嗎？他們說死在海裡的人都會變成海鷗。」少女問。

「是呀，茱麗葉・葛蕾柯*是那麼唱的。」大叔回答。

「可是……」少女又嘟囔問：「那討厭海鷗的人該怎麼辦？」

本月的人生解答如此回答。

「討厭海鷗的人就不應該死。」

---

* 茱麗葉・葛蕾柯（Juliette Gréco），法國香頌女歌手。

即便我死了請別為我唱歌
就像平常一樣將門打開一半
好讓我
可以看見藍色大海

就像平常一樣剝顆橘子
為我細數遠處傳來的海潮聲
好讓我
可以看見藍色大海

海上無法飛翔

沒錯，海上無法飛翔
偏偏有試圖在海上飛翔
卻濡濕一身的可悲小鳥

就像寫一首詩篇
或許可比擬為
對那種不可能性的打賭吧

接觸（1）

一個音樂家
想要為大海的聲音寫譜。
只因為
「過去從來沒有聽聞
如此雄壯的交響樂」。

然而，要將大海的聲音轉化到五線譜上
似乎對音樂家來說
未免太過不自量力。

從最初的一個音符

寫下的那一刻起
五線譜就已濕透

因為在海水拍打下
音樂家只能全力
閉上眼睛咬緊牙關，
不要讓自己的夢想溺斃
難以想像
能寫出任何一個音符。

接觸（2）

一名少年
想要接觸大海

然而，他所能接觸的
不過只是
海水而已

接觸（3）

任何詩人
都無法遨遊在
自己筆下的大海中吧。

感到悲傷的時候

感到悲傷的時候
且去看海

逛完舊書店後
且去看海

當你生病時
且去看海

心靈貧乏的早晨
且去看海

啊！大海
有著寬闊的肩膀和胸膛

再怎麼痛苦的早晨
再怎麼難受的夜晚
都會過去的

人生歲月有時終
只有大海永無止境

感到悲傷的時候
且去看海

孤單一人的夜晚
且去看海

一個辭典編纂者的冥想

寫下海字，發音為umi
umi也可以意指為「生產」
而且有時也有「倦怠」的意思。
可以解釋為「包圍地球的陸地，充滿鹹水的凹洞」的文字
但是
比起寫上
「臉上充滿鹹水的凹洞」的說明
究竟哪一個更貼近真實呢？
西印度群島的俗諺說

「視線沒有界線」
要想確認海是地球的眼睛以及
眼睛是臉上的海，兩者之間的類似
以我的哀傷程度
恐怕還不夠格。

*

海灘上愛戀陽光成痴的人們透過眼藥瓶身觀日

海上珍妮

1

那一天上電影院，不知怎的銀幕上盡是大海的畫面。
不管等多久，就是不見萬聖節和珍的出現，所以我只好走出電影院。

2

來一杯吧？
姨媽敬我的白蘭地是鹹的。心中感覺不對勁便拿起酒瓶確認，裡面裝的是海水。

3

儘管如此，收音機一早起只播放海潮聲，真是受夠了。

（雖然偶爾夾雜海鷗叫聲也不錯，但一連三天只聽見海潮聲，腦子都快出問題了。）

4

鮑伯海、帕奇海、亨利海、博米耶海、巴多爾海、畢雷斯海、博多溫海、比爾法雷斯海

（當然沒有一個海在地圖上能找得到。因為我只是把唐納德·巴塞爾姆*小說中出現的父親名字加上海字而已。）

5

打開海、關上海、蓋上海、撒出海、曬乾海、翻轉海。

可惜以上種種作為若能成立

應該還算有點意思吧

＊唐納德・巴塞爾姆（Donald Barthelme），1931-1989。美國後現代主義小說家，代表作為《白雪公主》。

海水和淚水的比較研究

一公升的海水和一公升的淚水
哪一個比較鹹呢？

人們相愛之後流下的所有淚水和
地球成形之後儲存至今的海水
哪一個量較多呢？

試圖用陸地理論解決海洋問題和
以愛情理論闡釋流淚現象
哪一種比較武斷呢？

認定海是敘事詩、淚是抒情詩的想法
會不會過於偏向經驗談呢？

且如是說：
海是死亡，淚水是復活。

因為人們早已認定
海水是悲傷的代價
流淚是自然現象。

地球的淚水，
你的海洋。

大海消失日

有一天，大海突然從世界上消失了。
於是人們絕口不再提起大海的事。
究竟海為何物？
試圖回想而翻閱書本時，任何一本書中
都看不到海這個字。

當然，任何關於大海的影像和記述
也未曾在羅浮宮美術館的展品、
大英博物館的海洋攝影集中
留下任何痕跡

不管跟任何人提起海的話題
已沒有人能回想起關於海的記憶
反而嘲笑質疑說
「怎麼可能曾經存在那麼多的水
卻不會從地球溢出來呢？」

生活在無奈的現實之中
我只有在獨處時能夢見海
獨占海，並說出口
偶爾試著大聲
呼喚。

海鷗！

我寫的鵝媽媽童謠

ぼくのつくったマザーグース

＊

有人躲藏在
蒙上眼睛的孩子的
死去的孩子背後
他叫什麼名字呢？
是我

*

要是蠶豆生病了
那就找蠶豆的醫生來好了

要是蠶豆不想死
就會劈里啪啦破開豆莢跳出來

你知道
這是個什麼樣的故事嗎？

用煙霧的筆
在煙霧的紙上
寫下煙霧的情書
還沒來得及讀它就煙消霧散了

*

小小鉛筆上
開了朵小小的花
好一個小小的重大事件

*

空間的醫院很糟糕
隨處擺放的針筒上
寄生的蒼蠅生下六個小孩

真是傷腦筋
是否該到倫敦
買些病患回來呢？

*

名叫消失的老奶奶
搭上名叫消失的火車
回到名叫消失的小鎮
再見呀再見
伸出手一揮
名叫啊的月亮
出來了

酒館的角落裡
有一只名叫消失的酒瓶
沾滿灰塵地靜靜佇立著
烏漆又墨黑

仔細一查看
名叫啊的小鳥
在裡面

*

經過色筆
轉個彎
我們要去地獄買點心

*

甘藍菜芯中
被困住的人是誰？

鞋子船底
被困住的人是誰？

第二十三頁和二十四頁間的書本裡
被困住的人是誰？

要是
帶著放大鏡的偵探來了
請將我找出來

困在我身體裡面的
真正的我在哭泣

*

愛麗絲、泰勒絲和月亮
只要能湊齊就是一個故事
少了其一也能成為故事
少了其二也能成為故事
全部都沒有還是能成為故事

需要來枝筆嗎？

＊

泰勒絲是個懶惰鬼
一隻鞋還在腳上
一只褲管還沒褪下
只扯掉草帽
便開始呼呼大睡
在她睡著的時候整個世界
都長高了

*

小小虞美人花
燃燒著
眼看著我也將
著火了

看見了第一顆星星

*

發瘋的太太
生下三個小孩
不管是這個小孩
還是那個小孩
都是瘋子

藍鬍子國王
真可憐

發瘋的太太
自詡擅長爬樹
小豬

一大早起
便開始宿醉

藍鬍子國王
真可憐

怎麼辦才好呢？
怎麼辦才好呢？
怎麼辦才好呢？

美麗的
姑娘！

＊

剪刀　石頭　布
剪刀　石頭　布
三人同時都出剪刀

嚇得　小豬
拔腿就跑

＊

剪刀　石頭
布

　一出剪刀
小豬便嚇跑了

藍鬍子國王
追了上去

可愛的新娘
在哪裡呢？

剪刀　石頭
布
　一出石頭
斑鳩便嚇跑了

藍鬍子國王
留在原地

可愛的新娘
在哪裡呢？

在哪裡呢　在哪裡呢？
還沒來嗎　還沒來嗎？
這次的新娘
是第七人

*

城堡的國王
藍鬍子
吃了太多派
打起瞌睡來

這時小豬
溜了屋裡
偷走
可愛的新娘

城堡的國王
藍鬍子
吃了太多派
打起瞌睡來

儘管偷到
可愛的新娘
但因不知吃法
小豬嚎啕大哭

*

1

綁上緞帶
綁上緞帶
一旦綁好緞帶
就無家可歸了

美麗的姑娘！

七個

2

綁上緞帶的女孩
跌了七次跤
緞帶輕飄飄地落下
緞帶輕飄飄地落下
直到井底

3

新郎啣住的緞帶
女孩蒙上眼的緞帶
拆開之後化蝶的緞帶
家人挑剩賣不掉的緞帶
人們稱之為不幸福的緞帶

哪一條緞帶最長呢？

4

綁上緞帶
綁上緞帶
一旦綁上緞帶
就找不到回家的港口

*

彭和強
兩個男孩
當時是五月——
那一天彭說
「好想吃鱷魚
吃美味的鱷魚」

彭和強
兩個男孩
當時是五月——
兩人去釣鱷魚
釣線長長地垂落

水井中　水井中

彭和強
兩個男孩
當時是五月——
整整過了一年
鱷魚就是釣不到
好個悲傷的　故事

唉
肚子好餓好餓好餓呀

*

在貓咪睡覺的　炭火旁
女主人　鼾聲大作
傑克在珍妮的懇求下
拉起了小提琴　獨自跳舞

在小鳥飛跑的　教室裡
白雪公主　鼾聲大作
我在小矮人的懇求下
拉起了小提琴　獨自跳舞

*

名叫凡事不打緊的老婆婆
養了三隻貓

有一天來了一個人
用藍色剪刀喀嚓一聲！
剪斷一隻貓

名叫凡事不打緊的老婆婆
養了兩隻貓

第二天來了一個人
用藍色剪刀喀嚓一聲！

剪斷一隻貓

名叫凡事不打緊的老婆婆
養了一隻貓

那天夜裡來了一個人
用藍色剪刀喀嚓一聲！
剪斷一隻貓

名叫凡事不打緊的老婆婆
一個人孤伶伶過日子

隔天來了一個人
用藍色剪刀喀嚓一聲！

剪斷老婆婆的身體

名叫凡事不打緊的老婆婆

故事到此為止

*

有個被紅線縫住的女人
住在用紅線縫住的房子
她和用紅線縫住的兒子兩人
養了隻用紅線縫住的貓
一邊唱著用紅線縫住的歌
過著永遠幸福的日子

*

一個謊言般的女人
愛上謊言般的男人
謊言般的月亮高掛在天上
彼此口中說的也盡是謊言
住在謊言裝飾的城堡裡
用謊言般的動作相愛著
最後兩人都累了而鬧分手

*

如果海水全部變成墨水
那我可以寫給多少人
告別信呢？

珍妮，珍妮，妳要去哪裡呢？
我要去買吸墨紙
妳要用吸墨紙做什麼？

（用來吸乾太平洋
然後搭馬車去倫敦）

*

衣櫥裡面有大海
我是沒有船的水手
今晚，有空嗎？

珍妮就在海的那一邊
可憐的強
不會游泳

（如果喝乾海水，你要如何報答我？）

*

壞心眼的婆婆生性彆扭
因為不想讓寶馬上船出海
就用大鍋子
把海水給煮開了
要不要來頂草帽呢？

*

這世界上最小的棺材是　筆盒
而　屍體是一枝紅色鉛筆
身體裡面只有一條血管

紅色鉛筆寫的詩是　用鮮血寫的詩
橡皮擦是　那些消逝靈魂們的墳墓

那麼　你在詩中
曾讓多少人死掉呢？

*

三姊妹
明天都要嫁人了
一個騎上巧克力前往地獄
一個抱著糖蜜栗子前往魔界
一個一絲不掛地前往夜的國度

＊

請用食指蘸一點鹽巴嚐嚐看
請將兩枝色筆　放在枕頭底下
請將映照在鏡子裡面
所有紅色的東西都收拾乾淨
請大聲喊三次「雞蛋！」
如果是月夜　請忘了蒜頭的存在

貓

ねこ

貓的辭典

貓……長鬍鬚的女孩

貓……暗夜裡的寶石騙子

貓……從不解謎的名偵探

貓……擁有這世界上最小的兩顆月亮

貓……藍鬍子的第八任妻子

貓……沒有財產的享樂主義者

貓……毛髮濃密生性慵懶的娼婦

貓……這個間諜很愛舔東西

少年時代

穿長靴的貓
與我
頭一次相遇
是在書的森林裡

穿長靴的貓
教會了我如何抽菸
真是一個壞心眼的
好傢伙

我和穿長靴的貓

分開
是在樹葉飄落
名叫秋天的咖啡廳

那一天
我
初識戀愛的滋味

我那
試圖迅速穿越
人生開始前與
人生開始後
之間那道門的
穿長靴的貓
如今身在何處？

穿長靴的貓捎來的信

穿長靴的貓喝咖啡時
會脫掉長靴嗎？
穿長靴的貓玩親親時
會把長靴擱在哪裡呢？
穿長靴的貓弄髒長靴時
會有備用的長靴嗎？
穿長靴的貓淋浴時
會直接穿著長靴嗎？

對了，牠的長靴中
是否藏了什麼東西呢？

變成貓

從我寫的詩中
竄出來一隻貓
消失無蹤

從那一天起
我戀愛了
在布拉特福特家的客廳
十七歲的我和千金小姐
倉促地接吻
（快呀動作快點）
我脫掉長靴

（快點長大成人吧）

再拖下去的話
貓就回來了
一旦我的詩恢復原狀
便將來不及
長大成人了！

名詞

將愛字
和貓字
交換

「某個月夜
自從在屋頂上看見一隻愛後
我就整個
貓上了妳」

然後將白蘭地倒進酒杯時
愛立刻在旁邊抖動鬍鬚

不擅長接吻的理由

因為我的吻
變成一隻大貓
每當我
跟女生見面時
就得帶著那隻大貓
同行

可是
正當女生閉上眼睛時
我一悄悄拿出那隻貓
大部分的女生

都會驚聲尖叫
落荒而逃

小貓

小貓打瞌睡的時候
我學會了抽菸

小貓打瞌睡的時候
我談了戀愛

小貓打瞌睡的時候
我嘗到了分手的痛苦

小貓打瞌睡的時候
啊
地球天旋地轉　地球天旋地轉

名叫再見的貓

從前從前　在某個地方
有個老爺爺
不停地尋找
一隻名叫再見的貓

可是這個老爺爺
從來沒看過
那隻名叫再見的貓曾現身何處

可憐的老爺爺！
身在沒有人愛的詩中
且讓我用橡皮擦將你拭去吧

少女艾莎

我的貓
是用輕煙做的
所以
有時候會在我的床上
消失

我的貓
是用話語做的
所以
有時候

會讓我傷心
我的貓其實
是名叫艾莎的
一個裸體少女

貓眼石
Cat's-eye

名叫輕煙的小貓死了
埋在城堡的庭園中
那是七年前的冬天

到了春天
正當準備播撒劍蘭種子
掘開泥土時
挖出了一顆小貓眼石

Cat’s-eye是輕煙的回憶
每一入夜
會在母親的珠寶盒中
用力眨眼

可愛小貓
輕煙的眼睛！
當我出嫁時記得隨我而來

1 貓一拉胡琴，食指就會受傷。

2 貓一走進鏡中，鏡中就會走出侏儒。

3 貓一吸食鴉片，北京的紅花就會大賣。

4 貓一讀書，國民軍就會化成煙霧。

5 貓一鑽進床鋪，帆船就會遇難。

6 貓一跨過時鐘，持枴杖的男人就會消失。

7 貓一藏骨頭，就會聚集三個孤兒。

8 貓一收起尾巴，青龍刀就會被偷。

9 貓一打翻鍋子，躲貓貓的鬼就會出現。

鵝媽媽童謠風

獨眼船長
為了給貓咪喝牛奶
翻箱倒櫃
　可是櫥櫃裡空蕩蕩的
貓咪一抽一搭地哭泣

獨眼船長
為了給貓咪買牛奶
出門上街
　可是一回到家
可憐的貓咪死了

獨眼船長
為了給貓咪買棺材
前往葬儀社
可是一回到家
貓咪正在哈哈大笑

獨眼船長
為了給貓咪買酒
去到酒店
可是一回到家
貓咪卻不在屋裡

獨眼船長
拚了老命
衝到碼頭找
只見光著身子的貓咪在游泳
來呀來呀　來我這裡呀

獨眼船長
抱著頭發愁
船已賣掉　自己又不會游泳
貓咪不回來
今後只剩自己一個人怎麼辦？

獨眼船長
傷心哭泣
貓咪跑了　獨自一人
淚水越流越遠
海洋好寬　好大呀
海洋好寬　好寂寞呀

當我還是男孩時

ぼくがおとこのこだったころ

惡棍們騎驢

這是男生的詩集
刻意混進女生的詩集裡
男生要用柳條鞭打
還是用蘭姆酒強行灌醉
或者施以重罰
讓他們騎上驢子
送出遠門長途旅行呢？

請一邊思考一邊閱讀
都是些　會讓人感覺恨得牙癢的詩篇

單戀詩集

1

單戀如果用唱片比喻，就像是B面的歌。
不管再怎麼賣力地唱，對方就是聽不見歌聲。

2

「世界上的戀愛都是定數。」
驢子老師如是說。
「所以，當這裡發生一起單戀時，意味著在世界某處，也存在著另一起相對應的單戀。」
我一抬頭仰望遼闊的天空，就感覺悲從中來。我那還未尋獲的單戀對象，究竟身在何處呢？

3

單戀是戀愛的形式之一。
對方是想像力。
（慢點。想像力L'imagination，應該是陰性名詞吧？）

4

想得極端點　就像賣花歌*
我心唯我知

＊賣花歌是日本兒童遊戲分組選人時唱的〈一紋銀來買花〉童謠。

請給我
你的再見
然後我會放進紙箱中
綑上紙繩
幫你丟進哈德遜河裡

數學少年團的森林教學①

減法問題

鳥籠減去小鳥剩餘籠子

教皇皇宮減去馬剩餘週末

床鋪減去昨天的女人剩餘頭髮

東海減去老虎剩餘鴉片

三人減去一人剩餘後悔

少女減去我

什麼都沒剩餘

數學少年團的森林教學②

加法問題

我加上鳥加上數字五　其答案就算加上航海圖和阿姆斯特丹水手飯店二樓刺青店的土產和一瓶干邑酒和拉丁語自習本　再加上有尾兩棲類學入門書和偏好男色的雙胞胎兄弟和人偶剝製師R氏的腳　以及兩串葡萄和伯羅奔尼撒戰史和一桶醋醃豬肉和整團聖歌隊員　其答案　也比不上僅僅的一名少女　也就是比不上妳

數學少年團的森林教學③

乘法問題
就算一再加乘一再加乘　也無法靠近心靈的難題

這時少女正在用一隻小鳥上國語課　理化課　歷史課

愛上書中少女的我
必須得找到進入書中的途徑

萬國圖書博覽會會長：「要進入書中必須變成文字」
整形美容學院祕書：「要變成文字首先得改善飲食習慣」
狩獵家：「砰地擊出一槍　直接將該名少女趕出書中還比較容易抓到」
刀具商：「要想從書中取出該名少女　用剪刀裁開最快」

我聽從建議　將少女從書中取出　但那只不過是印刷文字
少女已消失無蹤　而我並不知道如何刊登尋人啟事

假裝不認識那樣的我
少女至今仍成天畫著小鳥

什麼東西都要標價的舊貨商大叔的詩

我問
——驢子和鋼琴
哪個比較貴？
大叔回答
——鋼琴呀
那鋼琴和詩集
哪個比較貴？
要看東西才知道

詩集也有很貴的

那詩集和春天
　哪個比較貴？

春天呀那還用說
因為季節是　超高級品

那春天和愛
　哪個比較貴？

愛吧
難得　有人會轉賣

於是我最後提出
我最想知道的疑問
——愛和淚水
哪個比較貴？

朋友

決定用浴缸養鱷魚

鱷魚誰也不愛

適合特別低級下流的我

鱷魚穿戴整齊地進入浴缸

同為遭人嫌棄的夥伴

彼此一起聽著莫札特

一邊傾吐人生的壞話
大啖戀愛沒什麼了不得的
而
就寢的時候
當然得分開睡才行！

我的瑪莉！

因為
有人
偷走了我的水平線
害我必須雇用偵探尋找

滿臉鬍鬚、手持放大鏡的
知名偵探歐魯梅斯氏上場

你的
水平線是區隔你視野所及的那條白線嗎？　其他除了天空就什麼都

看不到嗎？是否那條水平線曾溫暖包住你輕輕晃動呢？
搞不好那條水平線不是被偷走
而是被你丟棄的

我扮裝成莫札特
大吃鱒魚
希望像海洋般哭泣
不再談戀愛
在聖多明哥附近　鮮花應該比較好賣吧

話又說回來
當時
我的瑪莉究竟是跟誰一起在床上呢？

牛仔波普

是誰
將鳥窩放在我的床下
吵得我
無法入睡

迫於無奈
心想
不如裝扮成牛仔
才
一打開衣櫥
就跳出一隻牛！

我有
漢克・威廉斯*的唱片
能吹浪跡天涯的口哨

儘管擁有聖安東尼奧的黃色小花
二手商店買的溫特斯特手槍
還有即將刺青的
兩隻年輕手臂
以及比利*小子的惡棍精神

＊漢克・威廉斯（Hank Williams），1923-1953，美國鄉村音樂歌手。
＊比利小子（Billy the Kid），1859-1881，美國西部傳奇人物，傳聞殺害了二十一人。

我卻決定
脫胎換骨
奔向她的房間
直往床上的大草原邁進

姑娘呀
一起馴服野馬吧
我的套繩技術天下無敵

想當牛郎

美國足球選手喬
坐在西式馬桶上
回想過往的風花雪月

游泳池裡
鱷魚在游泳

五月的森林裡誰人遺落的
三〇年代舊手提留聲機
至今仍兀自轉動著

有傷痕的情書

和大山胖妞一起拍照
跟超大隻的天鵝唱二重唱
與瘦皮猴博士量體重
同跛腳少女在泳池裡玩水
任何時候
總是我看起來

比較帥氣些
我一邊吃著櫻桃
一邊在泳池畔
大談哲學
悲傷的傷・是怎樣的傷・・痕呢？

飛機呀

不是翅膀造就了鳥
而是鳥造就了翅膀

少年思考著
要用言語造就自己的翅膀
然而
天空是那麼地遼闊
言語顯得何其渺小

少年思考著
要用想像力造就自己的翅膀

坐在最小的雲朵上
俯瞰有些骯髒的地面
只能不斷嘆氣

少年思考著
李林塔爾*人力滑翔機
張開雙手爬上大樓的屋頂
忘卻的暮色逐漸湧現
至少
墜落還是沒問題的
因為就算沒有翅膀也能墜落

---

* 李林塔爾（（Otto Lilienthal），1848-1896，德國航空先驅，史上首位重複完成滑翔飛行者。

啊
飛機
飛機
我在
世界最
孤獨的日子裡
和妳悠然地
平衡著夢想的重量
飄浮在空中

忘卻

如果有出售回憶的男人
請告訴我那個男人的住址

不管有多遠
我都打算前去找他

長此以往
太過寂寞

因為忘卻
如北國海洋般容易衰老

寶石

有一天我想到
有沒有我能買得起的寶石呢？

另外一天我想到
有沒有我能製造的寶石呢？

隔天我想到
有沒有我能取得的寶石呢？

於是我
寫詩

「無論如何
就是無法取得寶石的我
很可悲

然而
覬覦寶石的我的心
更可悲」

曾經

曾經
試著打開過緊握的拳頭嗎？

曾經
試著探索過古老吉他的內在嗎？

曾經
試著確認過女人的淚水嗎？

曾經
試著翻閱過談論幸福的書籍嗎？

曾經
試著在黑暗中閉上眼睛嗎？

在某處
肯定

或許藏有寶石也未可知

全身

就像只看著眼淚
而忽視了他的眼睛
就像只看著他的眼睛
而忽視了他的全身

就像只看著他的全身
而忽視了他的祖國
就像只看著他的祖國
而忽視了他的世界

就像只看著他的世界
而忽視了他的一天
就像只看著他的一天
而忽視了他的悲傷

只看著他的悲傷
而忽視了淚水
想要將之寫成詩句時
為何歷史老去得如此快速呢？

腳

出生至今
走了多少步呢？
我問
自己的腳

那答案
比書的旅途更遙遠
偏偏
心與心之間卻連幾公分
都不到

我

距離墳場
不知還要走幾步
但步幅
總是寂寞的紀錄

腳呀
是載著自己運往死亡
沒有車輪的雙輪車……

心臟

心與
心臟之間
有輛一路奔馳的孤寂火車

測量心與
心臟之間距離的是
語言的量尺

將流經心與
心臟之間的河
定名為血

心太遙遠
而心臟卻又
太近

當心與
心臟合而為一時
我將出發旅行

暫別的素描

我的好友是
世界最孤獨的貓

我想搭乘
世界最孤獨的雲朵

我知道
世界最孤獨的歌

來杯白蘭地吧
在世界最孤獨的夜裡

世界最孤獨的夜晚
是沒有妳的夜晚

妳正在
北國某地
寫信給我

喜歡獨眼傑克嗎？

獨眼傑克用另外一隻看不見的眼睛看什麼呢？

那還用多說嗎？他在看著一個女人。

獨眼傑克用另外一隻看不見的眼睛看著的女人是誰？

那還用多說嗎？是城裡洗碗的瑞惠。

獨眼傑克會用另外一隻看不見的眼睛送秋波嗎？

那還用多說嗎？瑞惠洗澡或換衣服時會閉上眼睛。

獨眼傑克為何還有紅心和黑梅兩人呢？

那還用多說嗎？為了要加倍喜愛洗碗的瑞惠。

獨眼傑克的黑梅用鏟子是要收拾什麼東西嗎？

那還用多說嗎？是要收拾因為愛流下的淚滴落葉。

獨眼傑克的紅心為何總是穿著紅色套裝呢？

那還用多說嗎？因為洗碗的瑞惠生性害羞。

獨眼傑克為何不用雙眼看著瑞惠呢？

那還用多說嗎？那是為了留下明天看另一半的樂趣。

（來自獨眼傑克的筆記）

將妳的名字
刻在日益長大的樹上
因為刻在樹上比大理石上好

或許跟著樹
刻上的名字也會一起成長吧

（尚・考克多*）

---

*尚・考克多（Jean Cocteau），1889-1963，法國詩人，小說家，劇作家，設計師，編劇，藝術家和導演。

階梯

第一階是夏日
第二階是我自己
第三階是我的瑞惠
到了第四階便坐下來
到了第五階開始了初戀
到了第六階該做些什麼呢
爬上第七階看見偉大的神明
到了第八階瑞惠突然站了起來
於是我在第九階感到莫名的寂寞
到了第十階進行哲學的自省與感傷
在第十一階決定做好迎接秋天的準備
爬上第十二階宛如展翅飛翔般張開雙手
管他第十三階也好人生也好再見了這一切

當回憶惹人厭時

某夜
少年從姊姊的針線盒裡偷走一根針
少年打算用那根針
將地平線縫合
少年打算用那根針
將暗戀的已婚女子身影
縫進黑夜中
只要將全世界縫死
一切都動彈不了
心情肯定會豁然開朗許多吧
然而少年的計畫沒能達成

夢想總是失敗
因為無法將地平線縫合的無數根針
於沉睡中燦然飛散
（啊　逝去的日子總是殘酷回憶實乃我的地獄！）

愛的天文學

整個天空中　有多少顆星星呢？
少年　試圖算清楚
可是　不管怎麼數　星星就是不會變少
少年　計算天空中的星星從開始到結束
經過好幾個時代　有過戰爭
人們相愛　然後死去
那個計算星星的同時
也長大成人的少年
是我可憐的父親
身為孩子的我　也將繼承父業
一邊數著天空中的星星　逐漸老去吧

所謂的天文學
其實是　戀愛論的　另一個別名

孤鳥

有各種的小鳥
青鳥
紅鳥
候鳥
知更鳥　白頭翁　伯勞　斑鶇

可是
我永遠
無法忘記的
小鳥
名為孤鳥

財產清單

小時候　我以為自己是海盜
既然身為海盜　就必須要有掠奪物
於是　我搭上開往幻想海的船
掠奪了彈珠　生鏽的小刀
封面脫落的馬克吐溫小說
咬過的蘋果　彎曲的釘子等
完成我的「財產清單」
不知道戀愛中女孩的「財產清單」會是怎樣的內容？
比方說　假如　能跟星期日聖圖安跳蚤市場一樣
可以買賣
可以交換就好了

心形回憶

瑞惠
一棵榆樹
愛之書愛之書
聽莫札特的夏日
不愛的不能愛的不
愛的不能愛的不愛？
我不知道如何吹口哨
一隻蝴蝶也懂哲學嗎
愛的不能愛的不愛？
不愛的不能愛的不
讀羅蘭桑的夏日
愛之書愛之書
一棵榆樹
瑞惠

サ(sa)兩段活用戀愛式

詩答詩答詩答……天花板裡的雨滴

請告詩我……瑞惠說

不詩道呀……我說

詩月一日……愚人節

嗚詩詩詩……奇怪的漫畫嗎？

詩—噓……月夜裡的悄悄話

悲詩的時候……笑一下吧

詩……死

愛詩不渝

致詩方休

黑板

瑞惠　瑞惠　瑞惠
瑞惠　瑞惠　瑞惠
瑞惠　瑞惠　瑞惠
瑞惠　瑞惠　瑞惠
瑞惠　瑞惠　瑞惠
瑞惠　瑞惠　瑞惠
瑞惠　瑞惠　瑞惠
瑞惠　瑞惠　瑞惠
瑞惠　瑞惠　瑞惠

一旦用橡皮擦抹去一個
請務必再寫上兩個

肩膀

肩膀是男人的山丘
遠方有著昔日的異鄉
肩膀是男人的防波堤
人生目送幾多船隻
肩膀是男人的翅膀
用力張開也無法飛行
肩膀是男人的詩篇
寂寞時能維持定型

肩膀是男人的酒館
隨時都有誰人的手休息其中
肩膀是男人的水平線
但是　請不要再驚動小鳥了
再會吧　我的朋友

惡魔的童謠

あくまのどうよう

惜春鳥

姊姊吐血
妹妹吐火
謎樣的黑暗　吐出瓶子

一窺瓶裡
區民大會的底細
身體也將跟著縮小

徘徊在單身地獄
的你
戶籍謄本被偷了

揮舞著
比血還紅的花
作為招人　記恨的目標

失去影子的
天文學是
前景漆黑的　無家苦兒

帶著銀羊
和黃鶯
我將一路　跟隨至死

猜中誰當鬼

圍呀
圍成圈
籠中鳥，幾時要飛走
拂曉前的黑夜
巫婆來賣面具
想要哪張臉？
想要哪張臉？

紅鞋

穿紅鞋的女孩
被異邦人
帶走了

海鷗群聚的港都　廉價旅館
少女依偎在異邦人懷裡
被帶走了

手拿一朵玫瑰
目送她離去的我們
單相思

人們都叫她是娼婦
昨日船員　今日樂手
總是跟擦身而過的男人開房間

穿紅鞋的女孩
如今
安然否？

唱著童謠直到天明
痴心等待
那一日的船隻

圍呀圍成圈

迷路的小孩失親的小孩
無家可歸的小孩
婦人俱樂部
附錄的小孩

被拋棄的小孩被收養的小孩
惡魔的小孩
串聯紙船
的小孩

是誰殺死了

知更鳥？
我的媳婦
到底是誰！

一寸法師砂繪抄

唐人街的　呆頭鳥
真可憐　傻傻啄著　自己的眼睛
從前的王國　今日的廢墟
忘記如何歌唱的金絲雀
和四處躲藏的按摩師
在鴉片館內　邂逅
要出賣國家或　出賣父母
還是找　十五個姑娘
送上　船呢
瞽者碼頭的　紅花

揮舞紅旗的　那個人
今天　仍平安無事　還是死了
點亮火柴探看
點亮了一根　沒返家
點亮了兩根　沒聯絡
點亮了三根　沒音訊
點亮了四根　沒聲息
點亮了五根　沒傳聞
點亮了六根　沒回來
點亮了七根　沒消息
點亮了八根　沒指望
點亮了九根　轉過頭來
照亮出地獄的臉

泡沫

雖然試著生了下來
終究只是淪落酒館的無依苦兒
一紋銀來買花呀
包著紅襁褓
下地獄吧
有父有母的小孩
下地獄吧

雖然試著喝得爛醉
終究只是暗夜無家可歸的棄兒
一紋銀來買花呀

少女俱樂部
下地獄吧
新娘娃娃
下地獄吧

劇情多變的
泡沫
旋轉著映照出
要下的地獄

電燈泡惡魔

紅鬼
小鬼
電燈泡惡魔
將自己困在瓶子裡上吊

青鬼
小鬼
墳場大姊
順著河流下去嫁人

大鬼

小鬼
迷失在地獄的孩子
為了尋找母親而點火

失火了　失火了　哪條街呢
是天文學的醫院
流星　流星
燒光了所有瘟疫病患

再會了　再會
紅鬼
小鬼
夢醒之後漆黑一片

食指密抄

食指
迷路了
飛到遙遠的異國

那人身在
遙遠異國何方
是生還是死

徒留下我
獨自一人
穿著長袖紅衣為愛痴狂

迷路的
食指呀
且化身成為愛的紀念鳥

紅鳥
小鳥
愛情鳥
食指是隻笨鳥

馬戲團哀歌

那是謎語吹笛　皮影伴舞
死去孩童的馬戲團
蜻蜓點水般巡迴全球
其他是在黑暗中
發現　紅色的第一顆星星

跨過　色筆
我們要去地獄的天文館
揭開天幕就是夜的公園
一二三　我的墳墓到了
發現　紅色的第一顆星星

昨晚夢見的　那人是拐子
電線桿的紅色斗篷
變成少年俱樂部的附錄
死去母親　飛了過來

昭和十一年新宿二丁目娼家桃園樓憑欄倚歌少年的春醒之詩

泣吐青血的杜鵑鳥
姊姊將嫁往地獄

賣掉金羊和黃鶯
獨自一人哭泣的弟弟呀
徘徊在黑暗的新宿
哪裡才有春天才見天晴

泣吐青血的杜鵑鳥
姊姊將嫁往地獄

剩下弟弟獨自一人
身邊連朵謎樣的黑暗之花也無

可憐的戲院星座也消失
飄起了戀戀不捨的細雨

泣吐青血的杜鵑鳥
姊姊將嫁往地獄

歌舞伎町少年偵探團之歌

喔喔
　喔喔我們是　少年偵探團
　　謎團吹笛　花園神社
　蹑手蹑腳　踮手踮腳　輕手輕腳
紅花是　廣子小姐
藍花是　佳子小姐
尋找戀愛事件的犯人
喔喔
　喔喔我們是　少年偵探團
　　影留線索　歌舞伎町

　　躡手躡腳　踮手踮腳　輕手輕腳
白花是　慶子小姐
藍花是　安子小姐
春醒之人是拐子

喔喔
　喔喔我們是　少年偵探團
　　黑暗招手　黃金大街
　躡手躡腳　踮手踮腳　輕手輕腳
金花是　順子小姐
銀花是　洋子小姐
裝成小孩買醉去

玩洋娃娃

にんぎょうあそび

水妖記

這是水中少女的故事
因為寫不出作業習題被斥責
一滴落在答案紙上的少女眼淚
變成了蔓延全世界的洪水
請回想起雀鷹（Sperwer）之詩

那麼　換上泳衣了嗎？
下一頁是
大海

水妖記1

1

誰在
水中彈鋼琴
所以經過河邊時
少女總是想隨著琴聲曼舞

2

少女
喜歡天文學
每當閉上自己的眼睛天空就有星星閃爍

少女一張開眼睛
天空的星星便消失不見

3

所以
請不要射擊星星
會讓少女因而失明

4

教少女說話的是
腹語師大叔
大叔是個騙子
大叔教她說的話是
「怪八醜個是你」

怪八醜個是你
既不是埃及語
也不是法語
也不是西班牙語
也不是希臘語

請倒過來唸

5

去攻擊鋼琴手！
少女母親過世那天也聽見那首歌
少女父親過世那天也聽見那首歌
少女在學校挨罵時也聽見那首歌
少女向少年吐露心聲被嘲笑的那天也聽見那首歌

少女攻擊完鋼琴手後
將手槍抵著自己的耳朵

6

砰！

7

當偵探的父親追蹤驢子出門後
從此一去不返
少女整天　用鉛筆
畫著地平線

8

一個雕刻家在牆上

寫下「這上面有七個字」
少女一數後　確定字數正好七個
接著少女
寫下「這上面有八個字」
這次再數發現少了一個字

只有
少掉的那個字
知道少女的悲傷

9

少女畫出了一艘非常漂亮的飛行船
可惜
無法搭乘那艘飛行船

（無論如何都想搭乘那艘飛行船）
少女整天都在煩惱著這個問題
最後還是用橡皮擦抹去了那幅畫

10

真是傻呀
只要在那艘飛行船上
也畫上自己不就結了嗎！

11

在夢中
釣到一隻大海豚
醒來後想要放回海中

卻找不到海豚了

儘管很想再釣一次海豚

問題是少女

已不知道

同一個夢境的入口在哪裡

12

故事到此結束

水妖記2

1

少女躲藏在瓶中
只要蹲下來遮住眼睛就能聽見全世界的聲音

2

四個戴著中世紀假髮的法官坐在一起　審判桌子上的蝸牛

3

因為洋娃娃的金髮逐漸長長　塞維亞的理髮師騎著斑馬前來

4

財產目錄　庭園中枯死的樹木　漂浮在河裡的床鋪　一束沾染上無花果汁下落不明的父親來信　中古的除草機　一打還沒寫過詩的鉛筆　子身老太婆的蒙塵鏡子　一輛掛在半空中的腳踏車
經常進出「數字」
手淫慣犯的長工史特勒海姆

5

三隻小豬
明日都將死去
一隻因為無聊
另一隻也因為無聊
最後一隻也因為無聊

弟弟弄髒的帽子

子夜

夜車

8

問卷

依序等待看牙醫時你認為少女和大野狼能成為好朋友嗎？

（請圈出心目中正確的答案）

是　不是　不知道

9

母親是色情狂

貓在浴缸裡舔剃刀

10

主審法官

歷史家

蛋頭（Humpty Dumpty）兄弟商會

火雞保護協會會長

鋼琴調音師

人肉試吃俱樂部成員

私家偵探

守護罌粟花會長

盲人橄欖球協會會員

地圖彩繪師

靈媒

腹語師

捕鯨船團長

世界將因少女不在而崩壞！

水妖記3

1
少女輕輕將地平線纏在腰上走出家門

2
偵探前來將家中的蛀牙患者詳實記錄在筆記本上

3
手淫慣犯的貼身男僕

被鸚鵡偷走語言而罹患失語症
都怪
那隻讀書的貓
驚醒了
躲在餐廚裡的歷史

4

推測是說話口吃的管家
正在跟夫人爭論有關蝸牛的料理方式

5

該方程式為
拇指＋牛奶α＝歐洲史概略

都怪

那隻讀書的貓

請舉出三項

缺乏想像力的東西

10

可憐的理髮師憎恨鼻子

用五月的樹幹磨剃刀

11

「美即汙穢　汙穢即美」

少女索性跑去夜泳

12

大鳥飛來之日
桌面上原有的小傷痕益形嚴重

13

世界由數字組成
一旦缺一時　請誰補上二

14

我總是光著腳走路
言語和沉默之間是河岸淺灘

水妖記4

1

某個早上　一睜開眼
少女的小指不見了

尋找小指
協尋啟事貼遍了大街小巷

拇指帶著番茄醬的瓶子
食指指著鏡中的自己
中指敲擊鋼琴鍵盤

愛喝酒的肥胖拇指是港口的好好先生
食指穿上鱷魚皮大衣準備來一場感傷旅行
貼身男僕的中指是臉上有愛哭痣的手淫慣犯
無名指是善妒又愛說謊的修女

然而沒有目擊者
不在場證明很完美

2

來自東印度的貿易商船
抵達一百五十年前的中國
走私鴉片之際
據說交易簽約是用小指取代印章

3

根據小指蒐集狂卡魯聶阿迪斯氏的說法
與其將蒐集來的小指泡酒裝瓶
不如用繩子　綁起來吊著保存更好
風木琴　手指琴

4

因為所有少女都是小指成癮症患者
總是像吸血鬼般吸吮小指讓自己變瘦

5

小指一變瘦月亮也會變瘦

6

寂寞時　只要寫著「青」字　心情就會平靜
青　青　青　青　青　青　青　青
青　青　青　青　青　青　青　青

7

少了小指還真是寂寞
畢竟沒用的東西　就只能拿來寵愛

水妖記5

1

愛戀上貓的少年
定期上牙科醫院
因為無法忘懷女牙醫美麗的眼眸

2

被少年愛戀的女牙醫
觀看著桌上的單車競賽
噢！　毛髮濃密的傑克！

3

被女牙醫愛戀的單車選手傑克
試圖進入書中卻找不到入口
「愛麗絲在哪裡？
我要檢查鏡中王國！」

4

被單車選手傑克愛戀的愛麗絲
為了招待腹語師大叔
正在烹煮瓢蟲

5

被愛麗絲愛戀的腹語師大叔
為了馬戲團的大山胖妞

正在到處尋找止胯下潰爛的藥膏
在一個滿月的夜晚

6

被腹語師大叔愛戀的馬戲團大山胖妞表示
「我這個人　就是拜金女！金錢第一　真心其次」

7

被馬戲團大山胖妞愛戀的金錢
一心只想著新的錢包
「要是鱷魚皮製就好了」

8

被金錢愛戀的鱷魚

躺在浴缸中一邊想著停留在非洲的那隻蒼蠅一邊啜泣

9

被鱷魚愛戀的那隻蒼蠅
不知天高地厚地垂涎起珊朵拉・米勒的嘴巴
「只要一打哈欠我就飛進去！」

10

被那隻蒼蠅愛戀的珊朵拉・米勒
今天也正沉浸在手淫中
「啊　月亮變瘦了　月亮變瘦了……
哪裡有可愛的哲學青年呢？」

11

被珊朵拉・米勒愛戀的哲學青年
今日也在檢討一〇一種的自殺方法！
就像暴食脹死的河豚一樣

12

就這樣大家都很忙
所以沒有人
陪水中的少女玩

玩洋娃娃的前言

上了年紀後，打算跟洋娃娃一起生活。
和許多能陪我唱歌、泡在浴缸裡、讀霍夫曼童話、大啖萊斯博斯*果實、幫我按摩肩膀的自動洋娃娃一起。

巴黎聖日耳曼區。站在優尼巴斯路上的小型洋娃娃店前心想。
我和洋娃娃應該能相處甚歡。
但是要和我一起生活的洋娃娃們，若是賽璐珞製或蠟像就糟了。
最好是血色紅潤的洋娃娃，就像會出現在凱洛爾攝影集中的一樣。

---

* Lesbos，希臘萊斯博斯島，乃英文「女同性戀者」一詞語源。

玩洋娃娃

1

少女全心撰寫「洋娃娃罹患疾病分類學」的學術論文。
洋娃娃的疾病
①體溫恐懼症
②發條式跳舞症
③半側聾啞症
④自然性毛髮生長症
⑤愛麗絲氏戀父情結

2

少女深夜在庭院中挖土，埋葬了活生生的洋娃娃。

結果

隔天，學校新來了一個轉學的少女。

3

頭髮自動會長長的洋娃娃

是否該帶去理髮店呢？

還是做成髮繩

用來綁那個醜小孩呢？

4

「所有事物的學問與認知乃自然及世界與洋娃娃的大、小宇宙達成真正調和與融和的學習。因為萬物源自於唯一存在的造洋娃娃者，萬物終將再度回歸唯一存在的造洋娃娃者。」

（Nohsense："Usohappyaku"：胡說八道）

5

任何人都可以成為為期一日的「洋娃娃」。

（祕方）
李子籽磨碎後溶於水中飲用。
一日三回飯後服用
（請按照醫師處方用藥）

6

失眠症洋娃娃的就寢儀式，將蟲翅排成列。

「天然是自動式的
不過有時候
轉發條式的月亮

其實也不錯哩」

（晴雨計商人鴿氏的意見）

7

洋娃娃界有魔法而沒有刑法。

8

懷孕的洋娃娃帶著貓出去了。

大門開著沒關就出去了。

被棄置在洗臉槽裡的老舊發條和螺絲。

9

請告訴我「洋娃娃之家」的地址。電話號碼也可以。

10

皮諾丘的鼻子一變長，少女就覺得難為情。

少女一看見皮諾丘就情慾高漲。

總是對那名少女懷抱可恥想像的我是

存在於稿紙上的單車手！

愛

あいする

妳的
一絲黑髮
變成了地平線

十一月的回憶

望著氤氳煙霧的十一月
提出分手的十一月

站在書店前翻閱育兒書的十一月

重修舊好擁眠整晚的十一月

淋著雨前去房屋仲介的十一月
買了吉他回家的十一月

看見報上自殺報導的十一月

無名花朵綻放的十一月
玩猜謎遊戲的十一月
買了新手提包的十一月
兩人邂逅的十一月
也是兩人分手的十一月
十一月海霧瀰漫了城鎮

劇本

在名為心的劇場裡
又下雨了……下雨了

背影　很適合
沒有台詞的煤氣燈

「劇本被
人生給弄髒了」

在名為心的劇場裡
揭開序幕的是回憶呢

還是化為火鳥
燃燒飛去的　我的歌呢

「消失吧消失　瞬間的蠟燭
人生不過是過往的陰影」

火焰熊熊時和　化為灰燼時
火焰熊熊時和　化為灰燼時
聽著背後的喝采聲起
回到後台獨自入睡的
床鋪陰暗且冰冷
（哼唱）

紅蜻蜓

星期一　女人去了舊貨行卻什麼也沒賣就回家了
星期二　女人開始喝起了酒
星期三　女人洗衣服　只用平常一半的時間
星期四　不知為何女人獨自坐在公園長椅上
星期五　女人佇立在房屋仲介店門口

星期六　女人一直站在唱片行前聽著妮娜・西蒙*的歌
星期天　女人獨自哭泣

今天蜻蜓也飛來停在
分手的窗台邊

*妮娜・西蒙（Nina Simone），1933-2003，美國爵士歌手。

世界

從桌上站起來

前去關門

伯勞鳥在門外鳴叫

門外的秋風蕭瑟

回到桌上

煤油爐火照亮了臉

翻開報紙

燒開水

兩人沉默不語

十月呀

即將為人母的女子

用毛線球纏繞上地球

彷彿人類的歷史一般

整天

坐在椅子上動也不動

雨傘

今天　學會的歌
在今天　唱了出來
唱完之後
就忘得一乾二淨

撐起舊的小雨傘
去將遺忘的歌給丟掉
靜靜地稍微凝望了河川一下

下雨天的河川很孤寂
感覺被遺忘的歌也很孤寂

假如星星數膩了

每欺騙
一個人
天空中的星星
就增加一顆
告訴女人
這件事的男人
搭船出海
從此
一去不復返

女人

站在窗邊數著星星
等待男人的歸來
一個人寂寞地
年華老去

女人是
我的母親
男人是
我的父親
我的心是
天文學

為了回想

想要遺忘
在塞納河畔
手搖音樂車的老人

想要遺忘
在青色麥田的
初吻

想要遺忘
將四葉幸運草
夾在護照裡的希望之旅

想要遺忘
從阿姆斯特丹飯店窗簾
透照進來的朝陽

因為是初戀
想要將你
遺忘

好為了如今能
立刻
完整回想起來

離別足生人

也曾算過命
也曾問過咒
試著說出
各種莫名其妙的話語
除魔　避邪
還有為了忘記傷心事
寂寞時候的口腔運動
越是奇怪的語言
越是有效的咒語
我常掛在嘴邊的是
離別足生人

你知道是哪一國語言嗎？
　離・別・足・生・人

寂寞時說出口
孤單一人的咒語
將分手對象的回憶
完全遺忘的咒語
離別足生人
離別足生人

假如倒著唸
就會變成他告訴我的詩句

＊「人生足別離」出自唐代詩人于武陵的詩《勸酒》。

十九歲

五歲時
我弄丟了寶石
十歲時
我識得寶石為何物
十五歲時
我離家出門尋找寶石
十七歲時
我的寶石在水中發光

十九歲時
我獲得名為愛情的寶石

然而
那不是我弄丟的寶石
我弄丟的寶石
如今仍在
世界某處
如不知名星星般閃爍著吧

嘴

五歲時
我的嘴嚐到了酸模

七歲時
我的嘴唱出了紅蜻蜓

十二歲時
我的嘴吟詠了
威廉・薩洛揚*的詩句

＊威廉・薩洛揚（William Saroyan），1908-1981。美國小說家、劇作家。代表作品有《人間喜劇》等。

「我心在高原……」

十五歲時
我的嘴說出了再見

十七歲時
嘴角沾附上紅酒的滋味

十九歲時
我的嘴觸碰了別人的嘴

二十一歲時
我的嘴以為能暢所欲言

而今
悲傷的夕陽沉落在
我張開的嘴裡

為何少年時代的我覺得睡美人很美之謎

1

少年時我在別墅區玩躲迷藏，發現了一位在草叢中睡著的女子。

那是一位戴著帽子的少婦。

我悄悄地上前窺探，一旦發現對方睡得很熟，膽子自然也大了起來，還伸出手偷偷觸摸她的臉頰。夏日豔陽下，我戴了頂大草帽。

我輕撫了少婦的頭髮、脖子。心想「她大概是在裝睡吧」。

但是不管我如何觸碰，少婦始終一動也不動。當然也不可能會動。

少婦已經死了。

那是我有生以來頭一次看到的自殺屍體，以及對「美麗女子」的回憶。

2

死去少婦看起來像是睡著的期間很美，然而一旦得知對方「死了」，當下美感也就消失無蹤。為什麼會這樣，我也不知道，但我長期以來始終無法忘記那位少婦。

「長時間躺在棺材裡也不見腐爛，還是跟從前一樣白如雪、紅如血、有著如黑檀般的黑髮」。這是格林兄弟在童話《白雪公主》對睡眠場面的描述。

她吃了毒蘋果陷入死亡睡眠，青春美麗卻毫無傷損。不只是《白雪公主》，同樣是格林童話的《睡美人》、霍夫曼的《胡桃鉗》等，童話中不乏沉睡公主的情節，且特色是每一位都被描寫成美女。

3

沉睡公主，即沉睡女子的美麗，和洋娃娃之美是共通的。

因為那是一種缺乏意志的存在，具備了可以隨心所欲的「奴隸」要素。出現在《映像》*中美麗的受虐少女、薩德《喻美德的不幸》*和波琳・雷亞吉《O孃》*中的女主角等也都能從作者的意圖中明顯察知，她們其實是睜開眼睛的變形沉睡公主。

因為基於她們是被施以催眠術才得以存活，不管是愛或性都為他人掌控，充其量不過是血肉之軀的洋娃娃罷了。

「所以說……」波琳問：「你認為最美的女人是洋娃娃或沉睡公主囉？」

「不是的，」我搖搖頭。「有點不一樣。我並不想跟沒有意志的洋娃娃相擁入眠。我覺得美麗的女人必須要有某種程度的矯情才行。」

「……」

「也就是說，不是真正睡著的女人，而是假裝沉睡的女人。」我說。

「不是真正睡著的女人，而是假裝沉睡的女人。也不是洋娃娃，而是變成洋娃娃，有點淘氣的女人。」

4

美麗的女人必須要有某種程度的矯情才行。

化妝、饒舌、技巧、假面具——還有隱藏在背後純潔無垢讓人瞠目結舌的心。討厭玩耍的女人是當不上美女的。不解詩的女人、不喜歡上床的女人也都無法成為美女。

「所謂的美女是指一心想要成為美女的女人。」

＊《映像》（The Image）是1975年的美國成人電影。

＊薩德（Sade），1740-1814。法國貴族出身的哲學家和作家，因情色描寫引發社會醜聞而聞名，薩德主義成為性虐待的通稱。《喻美德的不幸》發表於1792年。

＊波琳・雷亞吉（Pauline Réage），1907-1998。法國作家，最廣為人知的作品是情色小說《O孃》。

灰姑娘

我是灰姑娘仙杜瑞拉
時鐘敲響了十二下
我趕緊逃跑
遺留下玻璃鞋
拋開舞會而去

手持遺留下的玻璃鞋
王子佇立在原地
再會了
我的少年時代

媽媽她們
在家看電視
一切都是胡說八道
哪裡有仙杜瑞拉

被童話故事欺騙
活到二十多歲
仍成天作夢
痴痴苦等夢中城堡來人的
仙杜瑞拉

還給我！
我的玻璃鞋
城堡裡

根本沒有舞會

我看見了
那裡是醜惡的賣淫窟
南瓜永遠不可能
變成馬車
灰姑娘永遠都只是灰姑娘

怎容被童話故事給欺騙！
我要的不是美夢
而是能真正擁抱我的
男人
就算不是王子也無所謂
只要對我溫柔

將玻璃鞋還給我
將我的童年
還給我
將我自己還給我！

Come · Down · Mose

等大家都走了
我要一個人
寫信
等大家都走了
我要吸
這世界最後的一根菸

Come down Mose，沒用的傢伙
Come down Mose，沒用的傢伙

Take me to the end of the world

Take me to the end of the world

等大家都走了
我要裝醉
稍微啜泣一下
等大家都走了
至少一大早起
得換上漂亮的衣服

Come down Mose，沒用的傢伙
Come down Mose，沒用的傢伙

Take me to the end of the world
Take me to the end of the world

哪怕是最後也沒關係
帶我到世界盡頭
帶我到世界盡頭

Come down Mose，Come down
Come down Mose，Come down

哀傷

我寫的詩中
總是有家

但是我
其實是無家可歸的孩子

我寫的詩中
總是有女人

但是我
其實是孤子一人

我寫的詩中
總是有幾隻小鳥

但是我
其實討厭回憶

被屏除在
一首詩篇的內與外

我
默默地眺望著大海

孤單難耐時

我所遺忘的歌曲
有人會想起與高唱吧
我所捨棄的言語
肯定有人會善加運用

所以我
並非始終都是一個人
有些日子會如此告訴自己
同時整天　眺望著海上的鷗鳥

火車

我的詩中
總是有火車奔馳而過

你大概
就坐在那班火車上

可是
我卻無法搭乘那班火車

哀傷
總是站在外面
目送著離去

流星筆記

水果行前　總是夾雜了幾顆有損傷的蘋果
同一串葡萄之中　也肯定會有一兩顆爛掉的
人生亦復如是
即便生於同日同一城市
有的人諸事一帆風順　有的人做什麼都不成功
將這些有傷損的水果
以一句運氣不好來歸納　恐怕有所偏差
她們凝視的是　更深層的人生
甚至看到了隱藏在背後的東西
而且
唯有能寫出那種詩的人
才是能成為真正朋友的人吧

頭髮

頭髮是一條地平線
隔開了冥想與睡眠

頭髮是心路旅程
沒有母親的孩子將之纏在手指上測量旅途有多遙遠

頭髮是禁忌情慾的指標
喜歡在水中被清洗

頭髮與我一同成長
順從地不會超越過我

頭髮是悲傷一家的歷史結局

我的書桌抽屜裡
至今仍收放著
死去母親的遺髮

煙

能否用言語
擊落
一隻海鷗呢
能否用言語
定住
西下的落日呢
能否用言語
增加
前往巴塞隆納的船班呢

能否用言語
抓住
人生才剛起步的少女的單薄肩膀呢

我
只要一覺得悲傷
就會凝視氤氳的煙

到世界最遠的土地

一棵樹
並非歷史
而是回憶

一隻鳥
並非記憶
而是愛

一個人的誕生
並非經驗
而是故事

當我
旅行在那些事物之間時
不知為何
總是淚眼矇矓

給你

書中有海
心隨時都能航海

書中有草原
心隨時都能感受旅行風情

書中有城鎮
心隨時都能期待邂逅

人生往往在
書外發出

美好的響聲
而崩頹

但為了
重新再起
會踏上書中返家的路

書是
無家棄兒的歸宿

珊瑚
Coral

珊瑚礁的另一頭
有什麼嗎？
少女問

我回答
有幸福的國度

為什麼

我會說出那樣的謊言呢
珊瑚礁的另一頭
就只是有著
藍色的大海
和幾個在製造戰爭的國家而已

每一次看到
深粉紅色的珊瑚耳環時
我就心想
當那個少女長大後
被孩子
問到
「珊瑚礁的另一頭

有什麼嗎？」
她應該也會如此回答吧
「有幸福的國度」

珊瑚呀　珊瑚　粉紅色的珊瑚
每一次念及幸福的國度
心中就會響起
遠方的海潮聲

翡翠

Jade

淚水灑向遙遠的草原
翡翠放在你的手中

對著逝去的夏天
如此唱著的石頭呀
那是光華璀璨的綠
小小的大自然

淚水灑向遙遠的草原
翡翠放在你的手中

然而購買翡翠的價格
實在太過高昂
我是那麼地
貧窮

所以我要唱歌
至少可用言語的寶石
裝點
我倆的一天

淚水灑向遙遠的草原
翡翠放在你的手中

綠寶石
Emerald

從前
星星閃耀於地面
在巴比倫城　從竹簍中
到手掌心
從菜籃裡
到馬路上
到處都是星星
可是
有了戰爭　人們

相互憎恨
所有星星便都
撤退到天上

因為五千年前
彼此相愛的他與她
將一顆僅屬於他們的星星藏在
岩石之中
只有那一顆星星
留存在地上
那是我的綠寶石

Sapphire
藍寶石

有一個石頭的傳說

據說
在埃及盲人們用浸泡過這顆石頭的水清洗眼睛就能恢復視力
據說就算是在大白天
也能看見隱沒在天空中的繁星

由於盧昂大主教崩逝於羅馬時手上戴著這顆石頭的戒指
行將入土之際來自聖母大殿（Basilica di Santa Maria Maggiore）的信眾
連同手指一把奪走了那顆石頭

據說那顆石頭
主宰了九月誕生者的命運　兼具高雅與美麗
至今仍安睡在手掌之中

石頭之名為藍寶石

而我

美麗而瘋狂的母親

妳就是誕生於九月的吧

石榴石
Garnet

如果
壓縮回憶
能做成一顆石頭
我希望做成的石頭
是那一天
兩人一起眺望的晚霞顏色
女人如是
寫在信上

回信中
情人附上的是
石榴石的戒指

只要凝視著那顆紅色小巧的石榴石戒指
兩人隨時
都能回想起訂婚的那一天

不知名的寶石

七個人抬頭仰望的寶石
在夜空中閃閃發光

六個人喝下的寶石
沉落在宴會的酒杯底下

五個人眺望的寶石
擺在櫥窗裡的高處

四個人寫下的寶石
付梓後被到處發放

三個人發誓的寶石
遭其中一人背叛
兩個人賣掉的寶石
在舊貨店中蒙塵
獨自一個人的寶石
至今仍在我心中

鼻子

玫瑰鼻

正綻開著

指甲

她是個
指甲冰冷的女人

指甲進逼　直到忘卻的一站
剪指甲　斷章
修磨指甲　夜霧裡的煤炭倉庫
啃指甲　情慾的貓
彈指甲　古老的歌

眼睛

眼睛就是愛發問
其回答是世界

眼睛是燈塔
心是孤獨的航海者

眼睛是窗戶
季節是擦拭窗戶的清潔工

眼睛具備讀的力量
歷史是沒有極限的書本

眼睛裝滿了大自然
淚水是世界最小的大海

眼睛是寬恕的光
視線是言語的水平線

眼睛總是成雙
一隻是為了看妳
另一隻是為了看我自己

花詩集

はなしじゅう

從小我就不喜歡花。因為我總覺得花融合了少女的純情和年長女人的情慾，是我應付不來的東西。

而且花受到每個人的喜愛，或許也讓我心生妒忌吧。回想起某些與花相遇的經驗，心中湧現的並非懷念而是恐懼，所以且讓我省略寫出那些回憶吧。

薔薇殺手

薔薇是地中海東部沿岸居民培育出來的花卉，法國人賦予她「純潔」的稱號。

包含希臘的羅德島，許多人栽種薔薇樹和培育自己的愛情故事。將活著的薔薇裝進陶壺埋進土裡，重新尋獲薔薇的言語成了詩句。

奧爾良寫出了如下的詩句：

不叫尋獲薔薇陶壺的言語
洩漏於外

而我十五歲那年盯著鮮紅的薔薇看時，不知怎的竟被那豔紅迷了心竅，想要據為己有。夜裡一個人偷偷起床到庭院剪下薔薇，小心翼翼不被人發現地潛入廚房燒一鍋熱水。然後將那朵薔薇丟進鍋中，整夜站在爐火邊等候著花紅釋出直到天明。

起初我打算自己一個人喝下那朵薔薇的紅色湯汁，成為「薔薇吸血鬼」的幻想讓我興奮莫名。

可是到了早上一看，顏色實在太過毒豔，於是決定不喝，改用小瓶裝著送去母親那裡說：

「這是很棒的口紅

聽說含有聖格雷瓜爾（Saint-Grégoire）的香水」

硬是說謊欺騙滿臉狐疑的母親，並將薔薇的紅色湯汁如口紅般塗抹在母親嘴唇上。只見母親的嘴唇就像吸過血一樣立刻染成毒豔的紅色。

我裝出很高興的樣子說：

「今天的母親

真是美麗」

鬱金香狂熱

鬱金香是否為親吻之花，這是個相當困難的問題。將鬱金香Tulipa一詞二分為

Tu（Tu是接吻時發出的聲音）

Lipa（發音類似英語的嘴唇Lip）

如此一來，她當然是名副其實的親吻之花。然而鬱金香是荷蘭的花，因為球根價格極其高昂，鬱金香狂熱帶來的權力鬥爭成為許多犯罪事件的根源。取得黑色鬱金香的困難度相當於和女王接吻一樣。有名荷蘭船員因為將放在櫥櫃裡的球根搭配麵包和湯吃掉，結

果那一餐竟花了三萬荷蘭盾。類似的傳聞層出不窮。

而我不知為什麼初吻時，那個房間裡剛好裝飾有鬱金香。被年長夫人吸吮著嘴唇時，我的一隻眼睛始終看著那些花朵。感覺簡直快昏了過去，所以鬱金香總會讓我聯想起年長女人的情慾。世界上使用鬱金香當郵票的國家有「荷蘭、盧森堡、匈牙利、聖馬利諾、希臘。希臘使用的是半島獨有的原生種（Tulipa boeotica）」。（花的歷史　呂席安・渠）

蘭花的誘惑

花卉之中，藏在地下的器官比露出在外的部分更奇怪的莫過於蘭花。因為形狀呈奇妙的蛋形，拉伯雷*將之命名為「睪丸」。

---

* 弗朗索瓦・拉伯雷（François Rabelais），1493-1553，法國文藝復興時代作家。著有《巨人傳》。

各種蘭花的花語都跟死亡有關，儘管不吉利，絕美華麗的程度卻不輸其他任何花種。但是我之所以討厭蘭花，並非其外觀，而是因為她和背叛我的女人同名。

名叫蘭的女人，總是以宿醉的伯爵夫人姿態戲弄剛開始寫詩的我。夜裡，身為她女兒家庭教師的我前去指導理科作業時，她從泳池叫住了我。

有花朵漂浮在泳池裡，快過來瞧瞧！聽到她這麼說上前一看，只見蘭像少女般輕快游泳。

我不禁一本正經地問：「哪裡有花？池裡明明沒有東西漂浮呀！」

結果女人發出妖嬈的嘲笑聲。

情歌

沒有必要讓

看不見花朵的掃興男人聽

百合之惡

點燃百合花，像煙管般用力吸一口花莖，就會如同麻藥似的引領我們進入「不可思議的國度」。
問題是從來沒有人知道這件事，所以也就沒有人嘗試過。

對波斯菊的侮蔑

波斯菊……古板保守的鄉村少女
波斯菊……彈奏拜爾琴譜總是慢半拍的剛學琴的小孩
波斯菊……不知道被作弄仍窩在運動場角落等待好幾個小時的花
波斯菊……還不能翻閱的油墨印刷人生處方詩集
波斯菊……老處女獄中日記的書籤
波斯菊……不適合搽口紅的貼身女僕

然而，看到身為討厭花又愛花成痴的我寫下這些，你難道不會覺得太過用心了嗎？

我所寫的全是謊言。

其實明明愛花愛得不得了，但不知為何一看到花就禁不住惡事的誘惑，這才是真相之所在。

誰怕大野狼

出現在童話中的大野狼，究竟其真面目為何？
不同於「動物圖鑑」上介紹的狼，即便是小孩子的我也心知肚明。
例如〈小紅帽〉裡出現的大野狼，儘管吃掉了老奶奶，之後大野狼被剪刀剖開肚子，老奶奶得以平安生還的情節，我是怎麼想也想不透的。
因為通常被狼吃掉的老奶奶，照理說頭和身體早就被咬得稀巴爛，人也應該死了才對。
但是如果將大野狼想成人偶劇中出現的「填充布偶」，便多少還能接受。大野狼的真面目是小紅帽的母親。母親千叮嚀萬囑咐：
「出門在外，路上不可貪玩，要直接去奶奶家。小心拿著瓶子，可別滑落打破了。」

為了測試十歲的小紅帽能否做好探病、摘花、注意禮節等交付事項，母親穿戴上大野狼的布偶裝走在前頭候著。

如此一來，這會是多麼討人厭的教育童話呀。用這種方式測試自己的小孩，顯示出只對語言學和教育有興趣，格林兄弟一板一眼的性格躍然紙上。

同樣地〈七隻小羊與大野狼〉中的大野狼也是母親（或是母親委託的家庭教師）穿戴上布偶扮裝而成的。

想要測試小羊們能否分辨出自己的母親和其他動物的不同，乃是為人母親特有的自我主義；被吃掉的小羊說是成了母親妒忌的犧牲品也不為過。

所以說格林兄弟童話中的大野狼，並非一般的狼，而是母親用來測試小孩的道具。

不過若是更進一步推論，此「大野狼」並非形體上的狼，若是想成「狼附身」的話，又將會是如何呢？

老奶奶不是被大野狼吃掉，而是被大野狼附身，開始用四隻腳走路、發出狼嗥——這種詛咒式迷信式的動作，我少年時代常在鄉間見到。比起弗雷澤在《金枝》*等著作中提到披上作為圖騰的動物、狼皮等行為模式還要嚇人。

「咦，奶奶的耳朵為何這麼大呢？」

「是為了要聽清楚妳說的話呀！」

十歲的小紅帽不過只是提到奶奶的耳朵，但是被大野狼附身、自以為是大野狼的老奶奶卻舔著舌頭如此回答。被家人棄養於山上，獨自臥病在床的老奶奶之所以攻擊孫女，乃是孤獨引起的發狂。所以是可憐的大野狼，絕非可怕的大野狼。

---

*詹姆斯・弗雷澤（James Frazer），1854-1941，英國社會人類學家、神話學和比較宗教學先驅。一生研究盡在《金枝》（The Golden Bough）一書。

HAPPY DAYS
用鵝毛筆寫的情歌

1

南北貨行有一個賣剩下的幸福。
因為乍看之下類似蛋的形狀，人們沒有發覺那就是幸福。
可是南北貨行的大叔心裡明白那不是蛋而是幸福。

「幸福荷包蛋的作法」
平底鍋倒入少許的奶油。
敲破幸福的殼，滑進鍋中時留意不要將幸福白和幸福黃打散。
撒上一小匙鹽之前，先輕嘆一口氣。
請呼喚喜歡的人的名字。

迅速煎出幸福。

吃時不要破壞形狀就是享用幸福的祕訣。

2

測量技師唐．普林的履歷表

為了測量幸福的尺度有無失準，他拿著捲尺和長尺在街頭到處奔走。一發現幸福就進行測量並報告當局乃義務所在。每到春天便換上燕尾服前來。

但因為幸福不是那麼容易發現，平常都閒得發慌。

人們稱他為燕子。

可是他無法在天空中飛翔。

夫人。

打擾妳洗澡很是失禮，不過浴缸中不可以飼養鱷魚。

那是違法的。
然而
夫人假裝沒聽見。

3

幸福，還是不幸？
不賣錢的作曲家問一頭驢子
驢子不知如何回答

幸福，還是不幸？
一頭驢子問野百合
野百合不知如何回答

幸福，還是不幸？

野百合問火車站長大叔
火車站長大叔不知如何回答

幸福，還是不幸？
火車站長大叔問少女
少女不知如何回答

幸福，還是不幸？
少女輕聲問自己
然後點了點頭

幸福，還是不幸？
少女舉起雙手
五月的風吹拂過天空

4

七個扒手商量如何扒走幸福
如果幸福小一點就好扒了！手小的扒手說。
如果手可以巴住幸福就好扒了！手指短的扒手說。
如果幸福的顏色明顯一點就好扒了！眼睛不好的扒手說。
如果幸福熱鬧一點就好扒了！耳朵不好的扒手說。
只要幸福存在，我一定扒來給你們看！最年輕的扒手說。
時序為春
麗日早晨
人世間一切平安靜好。

5

沒有寫上幸福的東西就不是幸福

6

關於幸福的十二個疑問

1 它可以吃嗎？
2 它可以栽種在無人島上嗎？
3 可以用手指著它嗎？
4 它比足球重嗎？
5 它會在河裡游泳嗎？
6 它可以塞進眼睛裡嗎？
7 它有尾巴嗎？
8 它可以用牙齒咬斷嗎？
9 它可以包裝嗎？
10 它有時會繫上緞帶嗎？
11 它是高個子還是矮冬瓜呢？
12 驢子可以騎它嗎？

7

世界上最小的星星是金平糖
那麼
世界上最小的幸福呢？

8

若說人生足別離
那我的幸福會是什麼？

請寫出一百個幸福每個人都能輕易變得幸福
幸福　幸福　幸福　幸福　幸福　幸福　幸福
幸福　幸福　幸福　幸福　幸福　幸福　幸福
幸福　幸福　幸福　幸福　幸福　幸福　幸福
幸福　幸福　幸福　幸福　幸福　幸福　幸福

幸福 幸福 幸福 幸福 幸福 幸福 幸福
幸福 幸福 幸福 幸福 幸福 幸福 幸福
幸福 幸福 幸福 幸福 幸福 幸福 幸福
幸福 幸福 幸福 幸福 幸福 幸福 幸福
幸福 幸福 幸福 幸福 幸福 幸福 幸福
幸福 幸福 幸福 幸福 幸福 幸福 幸福
幸福 幸福 幸福 幸福 幸福 幸福 幸福
幸福 幸福 幸福 幸福 幸福 幸福 幸福
幸福 幸福 幸福 幸福 幸福 幸福 幸福
幸福 幸福 幸福 幸福 幸福 幸福 幸福
幸福 幸福

名為不幸的口紅

1

後巷驢叔開的化妝品行
有一天賣出兩枝口紅。
一枝被每次都買相同口紅的常客女士買走，
另一枝被從沒見過長著雀斑年約十五歲的女孩買走。
這個故事跟第二枝口紅有關。

那就請從咖啡壺裡倒上一杯咖啡吧。
加一匙砂糖。仔細攪拌後，再看下一行。

2

雀斑女孩照著鏡子。
鏡子裡映照出如嘴唇般的豐厚月亮。
女孩出生以來第一次塗上口紅。
（為什麼要畫口紅呢？）
（因為要去跟男孩見面）
（覺得對方可能會親吻妳嗎？）
（萬一會的話？）
（親吻有必要畫口紅嗎？）
（因為我的嘴唇一點也不可口嘛）

女孩的嘴唇是
出生以來從未吹過口哨的嘴唇
出生以來從未貼在玻璃杯上的嘴唇

出生以來從未啣著花朵的嘴唇
而且當然是
出生以來從未接過吻的嘴唇

3

女孩和男孩約會見面的地點是
停泊在港口的輪船倉庫裡
男孩是實習船員
男孩的手臂上有嘴唇的刺青
（大概那是男孩初體驗對象的
　馬爾佩洛島（Isla de Malpelo）領事夫人的唇印
　男孩直接將它刺在手臂上）
男孩彷彿已等候多時地一把抱住了女孩
女孩閉上眼睛

但是男孩沒有親吻女孩，而是猛然試圖
脫掉裙子。大吃一驚的女孩
反射性動作地將男孩（並非本意）
用力推開
男孩冷不防地往後倒
後腦杓狠狠撞上了船底
「可惡的傢伙」男孩怒吼
聽到罵聲，女孩整個人幻滅了。
不禁大叫一聲「討厭」
女孩衝了出去
背後傳來門板關上的聲響
砰！砰！

到此暫且請先休息一下，喝個咖啡

來聊聊關於口紅的有趣話題。
從前的人認為惡魔會從嘴巴鑽進人體。
為了防止惡魔從口入，想到在嘴巴四周（即嘴唇）
塗上惡魔最討厭的顏色
（那就是紅色）
此乃口紅的起源。
接著請繼續讀下去。

4

女孩左思右想著男孩為何不肯親吻自己之際
這才意識到看來應該是「口紅的緣故」。
於是將特意剛買的（只用過一次）
口紅丟進河裡。

5

撿起那枝口紅的是上了年紀的人妖。
決心要活在死去妻子的回憶之中
變裝成死去妻子佇立街頭的貧窮人妖強尼
因為撿到一枝新口紅高興地手舞足蹈

年華正青春
追隨陌生的雲朵
——阿拉貢*

有好長一段時間買不起口紅呀。

---

*阿拉貢（Louis Aragon），1897-1982，法國詩人，代表作有愛情詩《艾爾莎》等。

強尼喃喃自語
然後對著鏡子開始仔細化妝
他變得很漂亮
（跟死去的妻子一模一樣！）強尼心想
換上華服，揮舞著雙手興高采烈地走上街頭
因為太過於陶醉在自己的美麗之中
沒注意到遠方奔馳而來的靈車
於是瞬間被撞飛
和美麗的妻子一樣也撒手人寰。
路上滾落著那枝只用過兩次的口紅。

6

撿起那枝口紅的是
今晚即將首度獨奏的

美女小提琴家瑪德蓮
哇，好漂亮！
瑪德蓮手上握著那枝口紅
但是我已經無法寫下
這個故事的結局。一個殘酷的故事。
畢竟這枝口紅是
「名為不幸的口紅」。

來吧，趁著咖啡還沒涼掉，請闔起書本
這種口紅百萬枝中不到一枝
不幸的故事之後
肯定有幸福的人生等著出場。

有時就像失去母親的孩子一樣

ときにははははのないこのように

只愛一半

請只愛一半
我想用剩下的一半
默默地眺望大海

請只愛一半
我想用剩下的一半
思考人生

有時就像失去母親的孩子一樣

有時就像失去母親的孩子一樣
想要默默地眺望著大海
有時就像失去母親的孩子一樣
想要獨自一人出門旅行

可是人心善變
假如成了沒有母親的孩子
就無法跟任何人談情說愛
有時就像失去母親的孩子一樣

想要寫一封長信

有時就像失去母親的孩子一樣
想要大聲呼喚

可是人心善變
假如成了沒有母親的孩子
就無法跟任何人談情說愛

季節館

有沒有看過季節的人
請告訴我
季節幾歲了呢？
春
夏
秋
冬
之中
哪一個長相最帥呢
最溫柔的是哪個
看起來最寂寞是誰呢？

唇譜

＊唐璜（Don Juan），西班牙傳說人物，以英俊瀟灑及風流著稱，一生中周旋無數貴族婦女之間，在文學作品中多作為「情聖」的代名詞使用。

＊此處的朽屋（kuchibiru）發音與日文的嘴唇相同。

小小愛情故事

看過愛情嗎？
沒有　情侶的話倒是看過
你認為愛情會是什麼形狀？
哪會有什麼形狀
那　顏色呢？
也沒有顏色
氣味呢？
也沒有氣味
那　就跟鬼一樣嘍
沒錯　愛情的別名就是鬼

敞開門睡覺吧
好讓你的鬼
愛情能悄悄走進來

適合情侶的英語練習*

愛ris　花名。

戀il　〔動〕纏繞。

愛ce cream　〔名〕冰品。

戀in　〔名〕硬幣　貨幣。金錢。

愛ron　〔名〕鐵　鐵器。〔複數〕手銬腳鐐。

愛instein　人名　主張相對論。

戀incide　〔名〕一致。吻合。

愛yeshade　眼影（美容用語）。

戀itus　不如你自己查字典吧？

＊愛字需依日文發音 i 或 e，戀字需依日文發音 co 方能解讀此詩。

關於幸福的七首詩

1

以幸福為名的家具
該擺在哪裡比較好呢？

總不能像
用舊的小湯匙
隨便丟在櫥櫃的角落
也不能像
電冰箱一樣
直接塞進廚房深處……

（最要緊的是我連
以幸福為名的家具
該如何打掃都不知道）

2

關於幸福的重量
你可曾想過這個問題？
就算是輕如兩隻小鳥的
些許幸福
也有其相對的重量

所以請
停止悲傷
（說什麼人生比幸福沉重云云

那些都是廢話）

3

兩個人可以吃同一顆櫻桃
兩個人可以聽同一首莫札特的音樂
兩個人可以在同一家飯店看完大海後
兩個人可以睡在同一張床上

但是為什麼
兩個人不可以作同一個夢？

（什麼叫做同樣的幸福不可能成雙
老天爺真是小氣！）

4

要是
每當你學了一首新歌
在某處就有某人
會失去
木匙或朋友呢？

要是
你獲得幸福
在某處就有某人會生病呢？

即便如此你
還要說愛我嗎？

5

購買幸福
是不需要帶菜籃子的
幸福
只能用雙手抱回！

6

拚命翻找口袋是沒用的
抬頭望著天空
淚眼汪汪寫信
也都沒用

因為如同郵局有禮拜天
幸福自然也要有假日

小紅帽

一戴上這頂小紅帽
就會變得眷戀人情
一戴上這頂小紅帽
就能聽見森林的聲音
一戴上這頂小紅帽
就感覺自己彷彿有家可歸
一戴上這頂小紅帽
任何人都不能阻擋我

一戴上這頂小紅帽
我將消失不見

哪裡能找到
像這樣的小紅帽呢？

佇立在舊貨店門前時
我不禁
悲從中來

加法

一加一等於二
那松鼠加上果實
等於什麼呢？

二加二等於四
那沒有母親的孩子加上歌
等於什麼呢？

三加三等於六
那我加上妳
等於什麼呢？

加法是
愛的學問。

減法

五減一等於四
四減一等於三
三減一等於二
二減一等於一

可是
當母親減去我時
會變成如何
當故鄉減去羊隻時
會變成如何
當愛情減去了妳

會變成如何

想到關於人生的減法
我總覺得
哀矜不已

減法

十減掉一隻知更鳥
九減掉一瓶酒
八減掉一頂遺落的帽子
七減掉一夜的忘卻
六減掉一輛手推車
五減掉一望無際的藍色大海景觀
四減掉一本古爾蒙*詩集
三減掉一個青年的情敵
二什麼都不用減
兩人繼續旅行下去
這就是我倆的情歌

* 雷德・古爾蒙（Remy de Gourmont），1858-1915，法國詩人。

尋覓

在言語中
尋覓寶石的你
在眼光中
尋覓寶石的你
在已然結束的愛情中
尋覓寶石的你
在路旁哭泣的孩童淚水中
尋覓寶石的你

在櫥窗裡陳列的寶石中
尋覓寶石的你

儘管擁有許多寶石
我始終仍是孤子一人

書寫

有生以來第一次吸菸時
有生以來第一次接吻時
有生以來第一次喝葡萄酒時
有生以來第一次看見大海時
有生以來第一次嘗到戀情時

但是
如果
自己變得最美麗的時刻是在
有生以來第一次寫下詩句時
那該有多好呢

消逝的孩子們

用橡皮擦抹去的女孩和
寫在稿子上的男孩
其實是
一對情侶
可是　男孩
跳脫不出稿紙上的方格監獄
消逝的女孩
也終將不會有人
能回想起來

夏日時光

將討厭的那個人名字寫在貝殼上
丟進海裡隨波逐流
那個人將無法繼續留在鎮上
這是在書上讀到的
古代雅典人們
放逐貝殼的故事
少女讀到這個故事時
心裡想著的是
無論如何
都要趕出這個城鎮的某個人
少女打開桌子抽屜

取出一枚貝殼
接著在貝殼上
用鉛筆寫下「夏子」的名字
然後少女將那枚貝殼
放進包包並搭上開往海邊的巴士

*

早上的海邊
空無一人
昨夜海浪忘了抹去的沙灘留言
殘存於少女的腳邊
就像成天貪玩的小鳥累倒在烈日下
少女為了放逐自己的貝殼
跨越沙灘上的留言

一邊回想起
雷蒙・哈狄格*的詩句……
「緊緊相擁的字首
一如在沙上的我們
比起這虛渺的紋章
我們的戀情終將早逝」

少女在貝殼寫下的
「夏子」一名
既非少女的朋友的名字
也不是
少女的母親的名字
或是少女的姊妹的名字
還是少女的老師的名字

難道說　是這少女的惡作劇？
而明天
這個城鎮將會少掉一個
「夏子」吧
放逐之前
少女用雙手摀熱貝殼
就算抵在耳畔
也不復聽見
去年的浪濤聲
然後少女將貝殼
從棧橋上輕輕投進海中

＊雷蒙・哈狄格（Raymond Radiguet），1903-1923，法國早夭作家。作品有《肉體的惡魔》《歐傑爾伯爵的舞會》等。

隨波逐流
連同去年夏天
拾起這個貝殼時的回憶也
一併隨波逐流

*

那個人
真的再也
不會來海水浴場了嗎？
……少女凝視著貝殼沉落的海面
心想
想起只存在於去年夏天的戀人
他是巡迴劇團的大學生
分手時他說

如果明年夏天　再次來到這個城鎮
我將會喜歡上妳
到時候　我什麼都答應妳
萬一明年夏天　我沒來
就當作
我們是
只有過一個夏天的保羅和薇吉尼*吧
少女想起他露出閃亮皓齒
翩然離去的身影

* 《保羅和薇吉尼》（Paul et Virginie）是法國作家賈克—亨利・貝爾納丁・德・聖—皮埃爾（Jacques-Henri Bernardin de Saint-Pierre，1737-1814）所寫的愛情小說。

*

那個人教我唱的
富爾的歌

「至少該到海邊
送出依依不捨的飛吻吧
不　海風　逆風
會吹散我的飛吻」

貝殼呀
貝殼呀
陽光恐怕照射不到海底吧
不久之後「夏子」的名字

也將消失無蹤吧
可是少女知道
那個人的新戀人名字
並不叫做「夏子」
少女的情敵
並非「夏子」
少女早已心知肚明
所以
少女的放逐貝殼
對於戀情應該毫無助益吧

貝殼呀
貝殼呀
有聽見出航的鑼聲響起嗎？

明天是否會放晴呢？
海邊還會有
新的戀情發生嗎？
就算有
也跟少女毫無關係
少女明天
就不在這個城鎮了
也不會在那個城鎮
少女不會在
任何地方
因為貝殼上所寫「夏子」
的名字
就是少女自己的名字

寫給你的信

曾寫過沒有收件人的信
沒有投進郵筒中
而是塞進榆樹洞裡
那是寫給未曾相見的女孩的信
一封情書
結果　那封信有了回音
感謝來信
寄出情書　能收到回覆的情書
是很幸福的事
這封回信
其實也是我自己寫的

當時的我比現在年輕　還不識人生的苦澀滋味
天空總是湛藍如洗

凝視手心的詩

可以用語言製作寶石
只要有愛
可以用樹果製作寶石
只要有愛
可以用淚水製作寶石
只要有愛
可以用雨滴製作寶石
只要有愛

如果
沒有了愛
鑽石也將只是普通石頭
凝視手心時
會感到悲從中來

珍珠
Pearl

如果
我長大成人
可以結婚　生小孩時
是否
看見月亮
將不再不由自主地流淚呢
魚女孩
如是心想

所以為了避免這寶貴的淚水

與海水混雜
得好好珍藏才行
她決定
收放在貝殼裡

之後魚女孩長大成人
卻忘了這件事
但
珍珠永遠
都在貝殼裡
等待著
女孩前來讓她重見天日

魚女孩

會是
誰呢？

一旦說話的對象只剩下月亮時

月亮就像一本書。
因為讀她整晚也不會厭倦。

洗碗的女孩
洗完七個盤子後一數
盤子居然變成了八個
因為那天晚上一片漆黑
女孩可以安心地答應
戀人的任何所求

在古老的小唱片行裡
有一張播放了也沒有聲音的唱片

因為是張置於在暗處
就能照亮周遭的唱片
少年決定不論如何都不能賣掉那張唱片

這是被偷走的月亮的故事

魔法

只因看了那顆寶石一眼
少女變成了巫婆

只因看了那顆寶石一眼
貓咪化成了輕煙

只因看了那顆寶石一眼
士兵忘記了戰爭

只因看了那顆寶石一眼
法農愛上了綺莉葉

只因看了那顆寶石一眼
每個人都想要談戀愛

我想要獻給妳
那樣的寶石

某日

沒有母親的孩子　有書本
沒有書本的孩子　有大海
沒有大海的孩子　有旅行
沒有旅行的孩子　有愛情
沒有愛情的孩子　有什麼呢？
　開著向日葵的

一天日暮西山

沒有愛情的孩子　有什麼呢？

禮物

賣掉回憶
買了一顆寶石
為了買回回憶
賣掉寶石
為了買回寶石
又賣掉了寶石
在逐漸變舊變髒的
回憶中的戀情和

逐漸
散發出新的光彩的寶石
之間
少女
茫然地佇立著

畢竟是在
人生
尚未教她認識悲傷之前

劇場

卸下無聊的面具之後
有張歡喜的面具
卸下歡喜的面具之後
有張虛偽的面具
卸下虛偽的面具之後
有張疲憊的面具
卸下疲憊的面具之後
有張困惑的面具

不管如何卸除
也卸除不掉的面具
總是流淌著淚水

奧費斯

奧費斯是死去的少年
要見奧費斯得去死亡國度才行
死亡國度在鏡子裡
考克多*如是寫
但　那是亂說的
死亡國度在水裡
一打開水龍頭
就能聽見奧費斯的聲音
奧費斯
躲藏在熱水瓶裡
奧費斯的家在泳池底

＊尚・考克多（Jean Cocteau），1889—1963，法國詩人、小說家、劇作家。作品有《美女與野獸》等。

少女寫給神明標記著「？」的信

祢只有一個人卻有兩隻眼睛
另外一隻眼睛到底該看什麼才好呢？
祢只有兩隻眼睛天空卻有無數的星星
數漏的星星到底該由誰人幫忙數呢？

週末的藝廊

一個人來到無人的畫廊
默默地觀賞牆壁後回家
無人畫廊的悲傷
只有春日陽光知曉
（我有時
一想要看畫
就會閉上雙眼
雙眼的內側
就是一幅畫）

為了觀看用力撕裂雙眼剃刀刃上映照出地平線

關於翅膀

小鳥飛翔時
是用翅膀飛
那你飛翔時
是用什麼飛呢？

我站在適合安居的大樓
最高處思索著
是用阿蘭*的《幸福論》飛翔嗎？
是用莫札特的朱彼特交響曲
飛翔嗎？
是用

那個人的愛飛翔嗎？

面對著遠方的晚霞
一張開雙手
我總是感到
悲從中來

＊阿蘭（Alain），1868-1951，法國哲學家。

短暫戀情的長歌

這世上最短的情詩是

愛

只須寫一個字
這世上最長的情詩是
同樣的字寫上百萬回
就算還沒來得及寫完已年老力衰
也不是詩的錯

因為

人生總是
略短於詩

問題是

一如海中有一個更小的海
書中有一本更小的書
是件讓人高興的事

而且　那本書中還有許多奇妙的插圖
等著你去翻閱

唯一的
問題是
你之中是否還有一個更小的你

三隻鳥

厚紙板小鳥
太重飛不起來
泡沫小鳥
一拿在手上就破掉消失不見
影子小鳥
總是離不開地面
所以
這三隻小鳥
放棄飛翔而寫詩

鑽石 Diamond

寫下一個木字
心想因為只有一棵樹木太可憐
便又並排列上一棵樹木
成了林字
仔細凝視淋字*

不知怎的感覺兩棵樹
好像淚眼汪汪
我能感同身受
其實只有在愛情剛開始時
寂寞才會找上門來

＊日文的淋しい是寂寞的形容詞。

愛的教室

學校的課表上沒有「愛」的科目
百貨公司裡也沒有「愛」的賣場
到了酒館找不到名為「愛」的酒
那究竟
大家是在哪裡學習「愛」呢？
愛情於我盡是些不可思議的事
比方說
「喜歡」（suki）一詞倒過來唸
就會變成「接吻」（kisu）＊

＊「喜歡」日文發音「スキ」（suki），接吻（kiss）一詞的日文為外來語的「キス」（kisu）。

抹除

鉛筆一寫下愛字
橡皮擦就將它抹去
抹除得一乾二淨了無痕跡
那麼　是否說被抹除的愛就不存在了呢
倒也未必
唯有被抹除的愛　能成為回憶

小詩集「あ」

「あ」的發音是「a」
a是 孤單一人的數詞
然而 「あ」也是「你」（あなた／anata）的あ
也是「愛」（あい／ai）的あ
也是「惡魔」（あくま／akuma）的あ
想要解開「あ」的謎題
與其召集
一百個夏洛克・福爾摩斯偵探
我建議
不如先去讀一首詩吧

戀愛的童謠

如果用手指指著
喜歡的人
食指就會開花

如果用手指指著
討厭的人
食指就會化成灰

那麼如果寫下喜歡的人名字
鉛筆會開花嗎？

如果寫下討厭的人名字
鉛筆會化成灰嗎？

變成鉛筆的少女

變成鉛筆的少女　從早到晚
用全身不停寫著「戀」字

可是變成鉛筆的少女
卻不認得那個字

你問怎麼會？
因為鉛筆沒有眼睛

愛的工匠

專門修理心靈

就像一颩颱風屋頂會被掀開
一下大雨　屋頂就會漏水
愛情有時候　也會受損產生破洞
這個時候　就需要專業的工匠

少年時代
銀河潰堤
整個星空都快氾濫成災
我在夢中會前去修理

如今長大成人
倒是想
做個修理愛情的工匠

大家圍攏過來　一紋銀來買花

如果春天死了
要埋葬在哪裡才好呢
如果春天死了
什麼樣的墳墓　才合適呢
春天是自殺　他殺呢
還是
病死的呢
大家圍攏過來　一紋銀來買花

夢想就住海的那一邊
因此證明可以用海水養魚
海洋女子住在港都的紅色旅店裡。
家故事吧?
海洋上

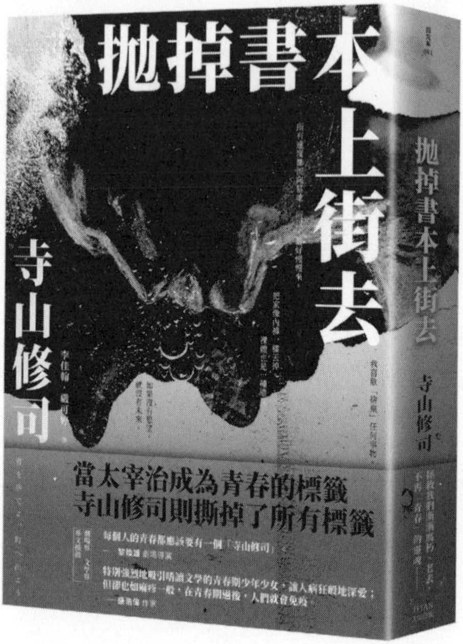

拋掉書本上街去

寺山修司◎著
李佳翰、嚴可婷◎譯

當太宰治成為青春的標籤
寺山修司則撕掉了所有標籤

你是否對人生感到厭倦？
是否有想逃到某個遠方的渴望？
七〇年代的疲憊感，抑鬱吶喊，
憤怒……蔓延至此刻，
但時代的攪拌器無法磨碎的是人的想像與意志。
家庭劇去死吧／把家像內褲一樣丟掉／裸體也是一種造反／你也可以當黑道／離家出走入門……
顛覆的話語，只是想挑釁你的僵化；
惡的變裝，只想煽動你的感知；
寺山修司唯一關鍵字：**拋掉書本上街去**。

◆劇場界、文學界專文推薦（節選）——

〈High teen吹笛者：寺山修司〉　劇場導演　黎煥雄

每個人的青春都應該要有一個「寺山修司」。一部電影、一本書、一首短歌或者即使無緣親臨也讓人充滿嚮往與想像的劇場演出……

……如果《拋掉書本上街去》這個標題是關於寺山的青春封印，那的確這本寺山以第一人稱進行的社會評論、隨筆書寫文字作品，就是那些同名劇場演出、影像作品無可取代的深層驗證。因此毫無失落的遺憾，甚至一口氣讀完竟然欲罷不能。幾乎是喜劇的，批判透過諧謔反諷，就像是能夠聽到寺山先生帶著微笑調侃世道人生的聲音。對一個習慣強烈視覺風格、充滿超現實夢境的寺山修司鐵粉，這本書的存在竟是如此意外地「鮮活」了原本神祕的作者，帶著狡黠迷人的入世感，是真的走在二十世紀六〇、七〇年代東京巷弄裡的寺山修司。

〈誕生於六〇年代的青春性〉　作家　盛浩偉

……雖然書名叫人「拋掉書本」，卻預設了在此之前曾是「緊抓書本」的。

……換言之，寺山修司故意挪用這句話，字面上看來彷彿在高唱讀書無用、批判教育僵化，但實際上，卻是透過他廣博的讀書眼界與非主流的人生經驗來告訴我們，在閱讀、遨遊於文字的抽象世界的同時，也不能逃避具象的外在世界，要面對現實。

……在一個外在環境、社會結構、人際關係等種種束縛無比牢固的現況下，我們該如何掌握自主權？該怎樣掙扎才能擁有自由？我們能否實踐專屬於自己的價值？正是年值青春的靈魂，才會特別對這些深刻的問題產生共鳴。而這也就是寺山修司作品的青春核心了。

日文系 053

寺山修司少女詩集（燙金新裝版）

作者｜寺山修司
譯者｜張秋明
出版者｜大田出版有限公司
台北市一〇四四五 中山北路二段二十六巷二號二樓
E-mail｜titan@morningstar.com.tw http://www.titan3.com.tw
編輯部專線｜（02）2562-1383 傳真：（02）2581-8761
總編輯｜莊培園
副總編輯｜蔡鳳儀
行銷編輯｜張筠和
行政編輯｜鄭鈺澐
內頁美術｜陳柔含
校對｜黃薇霓／金文蕙
初刷｜二〇二〇年四月十二日 定價：三九〇元
燙金新裝版初刷｜二〇二四年六月十二日
購書E-mail｜service@morningstar.com.tw
網路書店｜http://www.morningstar.com.tw（晨星網路書店）
郵政劃撥｜15060393（知己圖書股份有限公司）
印刷｜上好印刷股份有限公司
國際書碼｜978-986-179-884-4 CIP：861.51/113004211

國家圖書館出版品預行編目資料

寺山修司少女詩集／寺山修司著；張秋明譯．
——二版——臺北市：大田，2024.06
面；公分．——（日文系；053）

ISBN 978-986-179-884-4（平裝）

861.51 113004211